U0024167

瀚瀚珍本・盡現風華

風華
文化

賈寶玉日記
Diary

目錄
contents
摘要

## 紅樓夢原文賞析

卻說那女媧氏煉石補天之時，於大荒山無稽崖煉成高十二丈見方二十四丈大的頑石三萬六千五百零一塊：那媧皇只用了三萬六千五百塊，單單剩下一塊未用，棄在青埂峰下。誰知此石自經煆煉之後，靈性已通，自去自來，可大可小；因見眾石俱得補天，獨自己無才，不得入選，遂自怨自愧，日夜悲哀。一日，正當嗟悼之際，俄見一僧一道，遠遠而來，生得骨格不凡，豐神迥異。來到這青埂峰下，席地坐談，見著這塊鮮瑩明潔的石頭，且又縮成扇墜一般，甚屬可愛，那僧托於掌上，笑道：「形體倒也是個靈物了，只是沒有實在的好處；須得再鐫上幾個字，使人人見了，便知你是件奇物，然後攜你到那昌明隆盛之邦，詩禮簪纓之族，花柳繁華之地，溫柔富貴之鄉那裡去走一遭。」

又不知過了幾世幾劫，因有個空空道人訪道求仙，從這大荒山無稽崖青埂峰下經過，忽見一塊大石，上面字跡分明，編述歷歷。空空道人乃從頭一看，原來是無才補天幻形入世被那茫茫大士、渺渺真人攜入紅塵引登彼岸的一塊頑石：上面敘著墮落之鄉，投胎之處，以及家庭瑣事，閨閣閒情，詩詞謎語，倒還全備，只是朝代年紀失落無考；後面又有一偈云：——

無才可去補蒼天，枉入紅塵若許年。此係身前身後事，倩誰記去作奇傳？

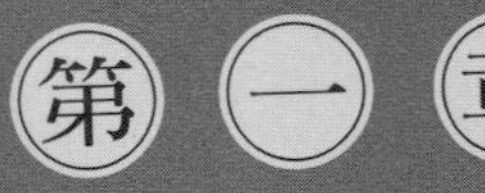


# 第一章 我的石頭時代

女媧於大荒山無稽崖共煉大石三萬六千五百零一塊，結果只用了三萬六千五百塊。為什麼女媧要多煉這一塊石頭？而為什麼，這塊石頭偏偏是我？補不了天，竟在這無稽山腳下一住就是幾百年……

## 一月一日

這一天的陽光非常明媚，鳥兒在我周圍飛來飛去。我住在這裡已不知有多少年了，甚至不記得哪些鳥的祖先曾在我身上停駐、休憩、上洗手間。對於這些我確實無能爲力，我能做什麼呢，我只是一塊石頭。

很多年前，有個名叫女媧的姐姐創造了男女，這件事情其實大家都知道，當然我也知道。還有另外一件非常重要的事情發生，不提也罷。總之最近這幾天，我莫名其妙地感到了一絲不安，是一種異常的侷促與緊張，感覺好像我這平淡如水的生活隨時有可能被打亂。

寫到這裡，我突然感到一陣空虛與孤獨。這麼多年來，我就一動不動，看到一些人到這裡打仗、一些人到這裡靠著我談情說愛。這樣的日子在無休止的複製著，就像一首被不停翻唱的爛歌。

每個人都在路上。

他們都忙什麼呢?其實他們完全可以不用這麼著急，有什麼好著急的?比如

# 我的石頭時代

我，去年一整年都在冬眠，前幾天才緩慢地甦醒過來。一醒過來就開始不安，作爲一塊如此出色的石頭，這樣毫無噱頭的醒來顯然不是我的風格。

閒話暫且不表，現在還是讓我們來提那件重要的事情吧，要不然今天還有什麼是値得一說的呢？女媧其實除了造人，她還承接了一個大工程。

說起這個工程，我們又得從頭說起：現在承接工程並不是一件容易的事情，女媧首先進行了公關，這一點太重要了。當時參加競標的除了女媧，還有精衛、夸父、盤古甚至連嬴政（就是那個小名叫秦始皇的包工頭）也參與了。但是嬴政作爲人類的傑出代表，雖然被評爲中國歷史十大傑出青年，但是這個工程的難度太大了，就他修長城的技術水平和工程品質，顯然達不到要求。夸父是個私營企業，這個工程墊資太大，他根本接不下來。

所以實際上，這個工程主要在女媧、精衛和盤古中間競爭。

然而，盤古最大的障礙是他做「開天地」工程的時候，出了很大的安全事故，這嚴重違背了安全就是生命、安全就是效益、安全就是品質、安全就是信譽、安全就是關懷、安全就是理想、安全就是勝利、安全就是一切的方針，失去了市場號召力，上級對他失去了信任。這樣的話，就只剩下女媧和精衛了，女媧的公關十分強，而精衛的關係很硬，沒辦法，只好讓他們一人做一半。由女媧補天，精衛塡海。

女媧採用的是煉石補天的技術，於無稽崖共煉大石三萬六千五百零一塊，但是結果只用了三萬六千五百塊。爲什麼女媧要多煉這一塊石頭？而爲什麼，這塊石頭偏偏就是我？補不了天，竟在這無稽山腳下一住就是幾百年。

## 一月二日

北風那個吹，雪花那個飄……我正聽著MP3，一僧一道突然出現，打破了中午的寧靜，更打擾了我欣賞音樂的良好興致。

和尚與道士說說笑笑地從遠處走來，他們爲什麼要說笑呢，這麼無聊的中午，他們還有說笑的心情。我不得不表示我對他們的敬佩。

我赤裸著身子，從來就沒穿過什麼衣服，只是到了秋天，偶爾會有幾片葉子落在我身上，運氣好遇到大一點的，還能勉強遮遮我的迷人三點。當然更多時候，只是百無聊賴的睡在那裡，我除了睡根本不能有別的姿勢。

說起這個姿勢，我又想起來，曾經有個戴眼鏡的老學究靠著我對一個女人說，

# 我的石頭時代

做愛就像畫畫，沒有技巧就是最高明的技巧，所以把它放在學術範疇裡面討論是個純粹的態度問題。我的一個好朋友叫做米盧的，不知道你聽說過沒有，他是古希臘的一位將軍，但是酷愛中國的蹴鞠運動。他說過一句非常棒的話，就是：態度決定一切。所以不論做愛還是畫畫，態度是最重要的，一定要態度先行，態度決定姿態，姿態決定姿勢。通過我長期的摸索，就發現這個姿勢其實很不錯……後來他們就嘗試了很多種不同的姿勢，真是讓我大開眼界，歎爲觀止。

這讓我想起一句話：戴眼鏡的白天是教授、晚上是禽獸、床上是野獸。

我想我真的已經厭倦這樣的生活了，想起一首歌的歌詞：沒有什麼能夠阻擋你對自由的嚮往。

來不及多想，這兩個穿著奇怪的傢伙已經到了跟前，和尚竟然還一屁股坐在我身上。這突然而來的重量讓我的呼吸一下子困難了起來。我納悶得很，爲什麼這和尚個個不吃肉，卻個個身材魁梧？

這時候和尚說話了，世人都道神仙好，爲什麼我卻如此羨慕世人？

道士接著說：一生二，二生三，三生萬物，其實神仙也是由一而來，世人也是由一而來，既然同屬一個系統，職位自然就會有高低上下之分。世人羨慕神仙是因爲世人不是神仙，而神仙羨慕世人是因爲神仙不是世人。

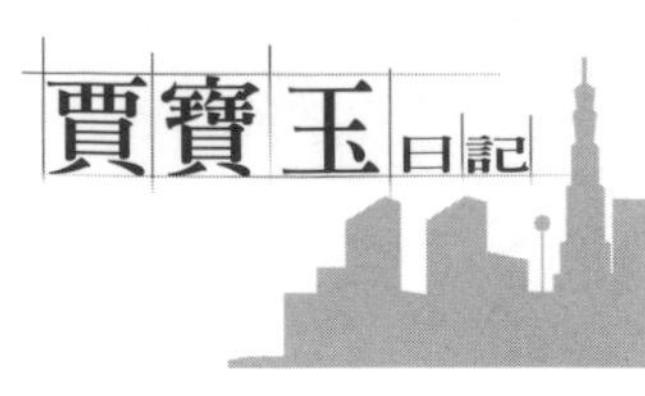


說得好，我不入地獄，誰入地獄，我苦修一世，就渡人一世，渡人才是渡己，和尚接著說。

道士冷冷一笑，渡人終歸渡己，何不煉丹養性，今生便得成果。

和尚一聽並不服氣，說道你一人得道，終是小道，我普度眾生，方爲大道。

道士也不示弱，眾亦由個組成，如果個個得道，那麼終是眾得道，你們個個渡人，總是有人需渡你們方可成佛，不就是說你們的成佛是建立在渡人的基礎上的，沒有這云云眾生，你們便無法成佛。

和尚說非也非也，我們講求犧牲小我，完成大你，「我」永遠是微不足道的，而「你」才是重要的，只有內在的小方可成佛，渡眾人是以小取大，是捨生取義，而你們只知煉丹養身，自己爲本，以自己爲大，終爲淺道。

嘖，原來是兩個神仙。

他們似乎很有繼續交談下去的願望，但是我不得不打斷他們。

我說這位高僧（心中暗罵死禿驢），您能把您的屁股抬一抬嗎？您壓住了我的鼻子。

哦，抱歉，我確實沒有看到，沒想到在這地方還有這麼一塊成精的石頭。

我說兩位神仙，其實你們的問題很簡單，不知道你們有沒有玩過電玩ＣＳ？

兩人齊聲回答，哦耶，當然玩過。

既然玩過又怎麼會不懂這其中的道理，佛就是那個槍靶子，勇敢衝在前面，犧牲自己殺出一條血路，甚至要捨去錢財，爲眾生買槍。而仙就是最後的勇士，要修煉自己，讓自己達到最強。所以最重要的是團隊精神。

和尚聞完恍然大悟，驚叫道：難道你就是……

道士也幡然醒悟，跟著驚叫：莫非你就是……

既然你們已經知道了，我就不隱瞞了。不錯，我正是傳說中的——賭神。

## 一月三日

和尚和道士今天竟然開始搭帳篷了，難道他們要住下來？

我正在胡亂猜測，和尚先走了過來，悄悄對我說，賭神大哥，你教我兩手，我也好在天庭威風威風。不一會兒，道士也湊了過來，說是啊是啊，其實我們這次下天庭主要是來借錢的，前幾天我們和王母、伏虎羅漢四個人打麻將，輸了個精光，說好一個星期還錢，要不然就要拉我們去天庭樂無窮大賓館坐台。

這麼慘？我問道。真是這麼慘，他們兩個異口同聲的回答。

聽到他們如此悲慘，我哪裡還忍心欺騙他們，我說我其實是當年女媧煉石補天多煉的那一塊石頭。

兩個人聽完頓時傷感起來。道士還傷心地唱了起來：逝去的感情如何留得住，我不相信，我要付出我所有，世界太美妙，我太孤獨，王八蛋……

他的歌聲很像張國榮，於是我和和尚熱烈地鼓掌！

## 一月四日

今天風和日麗。

和尚提議，乾脆我們義結金蘭，結爲異姓兄弟，也不枉我們三人相識一場。異性？異性在哪？道士高興地問。喂，有異性，沒人性，我說的是異姓，不是異性，和尚說道。說話間，我們三個已經準備就緒，燒黃紙，喝雞血，結拜成了兄弟。

但是在誰當老大的問題上出現了疑問。

和尚認爲，僧一道二俗人三，理應由他來當老大，道士對這句話的出處表示了

# 我的石頭時代

疑問，說是怎麼沒有聽說過。和尚一聽從袈裟裡拿出了一本很厚的書，一看就是權威機構認證的，書裡面確實記載了這句名言。

道士連忙問道，這是誰寫的？和尚怒目圓睜，大喝一聲，正是老衲。道士一聽連忙高唱：我不做大哥好多年……

我自然沒什麼異議，要不然一定被他們亂蓋幾磚。結果是和尚當了老大，道士老二，而我毫無疑問成了老三。

和尚對我說：「老弟，兩位爲兄的欠了一屁股債，不能在此長住了，我們過幾天就要啓程前去東海龍王那裡借錢了，聽說他最近賣阿龍牌超礦海水發了。當年我們曾幫他拔過一顆壞了的龍牙，說來也算他的救命恩人，料想他應該會幫助我們的。只是我們這一去，不知何時才能與老弟你相見。」說完竟自顧地抽泣起來，道士也偷偷地抹眼淚。

我當下感動萬分，深切地體會到了千金易得，兄弟難求的真理，於是決定無論如何，必與他們一同前往。

我對他們表達了我的決心。他們也深受感動，我們三人便情不自禁地擁成一團，放聲大哭起來。後來的三國志中的桃園三結義片段其實就是模仿我們，當然這是後話，暫且不提。

我們決心已定，但是又遇到了新的問題，就是我這麼重，而且是一塊這麼大的石頭，怎麼帶上路呢。大家愈想愈惱，一下午的時間一會兒就過去了，大家還是沒想出個所以然來。

這時候道士突然問，今天是不是星期三啊？糟了，今天有我的節目。說完他拿出一個類似手機的東西胡亂撥了起來。

二哥在幹什麼？我問和尚。哦，他在天庭電台主持星期三的一個談話節目，名字好像叫快樂喵喵喵。

好，通了，大家好，今天又到了快樂喵喵喵和您見面的時候了，我是您的老朋友道道道。我也是第一次在人間主持這節目，感覺還很不錯。

天庭的眾位老朋友，一定很想念我吧，其實我也很想念大家，想念大家什麼呢？這個說來話長，我以前也不知道原來我會這麼想念大家，但是到了現在才發現我真的是十分想念大家。千言萬語無法描述我的感受，只有一句歌詞才能形容我的心情，「你問我想你們有多深，月亮代表我的心……」

那日貧道我走得匆忙，也沒和大家打招呼，我真後悔沒把天庭全家福的合照帶在身上，那張照片說起來也真是搞笑，只有我照得比較帥，太上老君的鬍子被風吹起來正好遮住了彌勒佛的臉，而由於風大，嫦娥的裙底都走光了，王母竟然在打哈欠，閻王正在拉拉鏈，而如來在收拾他的新髮型，還有……

我聽了一會兒就睡著了，不知道過了多久醒來，看見和尚正靠在我身上呼呼大睡，而道士還在講那張照片，這會兒已經說到托塔李天王了。看看天，已經掛滿了星星。

## 一月七日

這一天，我們三個商量出了一個重大的決定，就是把我變小然後帶在身上。但是怎麼才能把我變小呢？

這是一個更爲嚴峻而困難的問題。

最後和尚和道士決定冒險給我做一個宇宙超級無敵的整容手術，據說這個手術全宇宙只有他們二人可以做，賓拉登尋找他們找了三十年還是沒有找到。這個手術非常複雜，而且危險性奇高，萬一失敗，聽說嚴重的會得狐臭，這太可怕了。

但是我下定了決心，於是我們就開始了。

和尚主要負責抽脂，而道士主要負責整容。就這樣，在三十四分六十八秒之

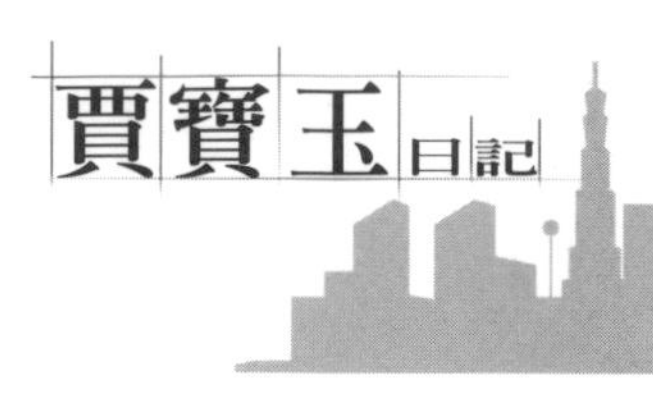


後，我成就了我一生中最偉大的重生，我從一塊醜石變成了一塊玉中極品。

他們累得滿頭大汗，我心中充滿感激，連忙說：「感謝兩位哥哥，我不知何以爲報。」

和尚一聽馬上對我說：「好了，廢話別多說了，一家人幹嘛說兩家話，我作爲你大哥，這麼點忙都不幫，還叫什麼大哥，你就別客氣了，給五千算了。」（可惡，這個禿驢。）

我只好說：「但是大哥，我沒錢怎麼辦啊？」「你看你，這麼說就太見外了，五千算什麼，上次我們給琵琶格格隆胸，她欠我們一萬我們都一直沒追著她要，更何況你是自家兄弟，」道士說道。

我聽完感動極了，幾乎熱淚盈眶。道士又說：「等有錢了再給，我們又不擔心你跑了。再說了，憑你小子，跑得了嗎？」

說到這裡，我突然想起來他們欠王母和伏虎羅漢錢的事情，我就問：「兩位哥哥，既然那位什麼格格欠你們的錢，你們怎麼不去向她要了給王母他們還錢呢。」

「哦，這件事情是這樣的，」和尚說，「當時手術非常順利，也非常成功，但是我們準備的矽膠用完了，所以就用了橡皮泥代替，結果……」

# 我的石頭時代

## 一月九日

我終於離開待了幾百年的無稽山，心情特別舒暢，我得意地笑、我得意地笑。這種自由太讓人興奮了，我馬上即興朗誦了一首詩：

我自由啦啊啦
我快樂啦啊啦
生命那個誠可貴呀
愛情那個更值錢呀
但是我們愛自由啊
為了自由我們
把什麼全都拋呀拋

「好詩、好詩。」我兩位兄長情不自禁地為我鼓起掌來。

## 一月十日

這是我第一次來到人間的鬧市，真的是太熱鬧了，有表演雜技的，有表演魔術的，還有幾個在表演武術，我仔細一看，原來是還珠格格一行，正喬裝打扮在那裡賣藝呢。要不是我看過這個電視劇，還真有點認不出來呢。哎，那不是金鎖嗎，她們太大膽了，竟然穿著比基尼表演武術，身材絕對一級棒，這時候我覺得什麼滴到我身上了，抬頭一看，原來兩位大哥正在流鼻血。

他們還想看，但是還珠格格她們進到一個帳篷裡面去了，說是要看更精彩的，請買票入內觀看，上前一問，天啊，一張票三百八十元，還不打折，嫌貴，他們只好做罷了。

再往前走，就是貿易區了，琳瑯滿目，什麼都有，比如：玉器、首飾、糖人、小吃、布匹、牲口、酒具、鞋帽衣物、眼鏡、手機、還有幾個賣手提電腦的。這時候，有個人神祕地靠了過來，莫非是小偷？只聽見他小聲對和尚說：「大師，要不要成人電影？日本、韓國、港台新片，歐美風格的也有新貨，品質保證，畫面效果一流。」

# 我的石頭時代

和尚一聽馬上怒道：「混賬，你把我當成什麼淫僧了嗎？正所謂色既是空，空既是色，我也勸施主不要再傳淫傳色了。《金剛經》上兩句說得好：如夢幻泡影，如電復如露。一切財色對於我們不過是一場虛幻的泡影，這些東西傳於眾人，只會教人迷色，誤人前程。讓那些定力不濟之人，見到哪個女子稍有幾分姿色，便千方百計噓寒問暖，只貪圖那床笫之歡，甚至不顧親戚的名分，朋友的交情。到頭來事情敗露，便想方設法掩蓋，甚至殺人滅口，最終自己性命不保，落得個妻離子散，罪孽深重。就如古時那石季倫潑天豪富，爲綠珠命喪囹圄；楚霸王氣概拔山，因虞姬頭懸垓下。正所謂：生我之門死我戶，看得破時忍不過。這些人豈不都是受那色的厲害處。所以我勸施主，放下毛片，立地成佛吧。」

「說得好，」我和道士齊聲喝道：「真不愧爲得道高僧，不入凡塵。」

那人聽完一臉動容，痛哭流涕，說道：「今日得大師點化，受用一生，小人今後自當痛改前非，永不販黃。」

「好，孺子可教啊，佛在看你，佛在佑你。阿彌陀佛。」

「但是這些片子怎麼辦呢？」那人一臉迷茫。

「不要緊，留在我這裡，我來點化眾生，去僞存真。」

「啊，大師果然厲害，竟然看出我的全部都是盜版，沒有正版，」那人一臉崇

拜地說道。

「假到深處假亦真，真到深處真亦假，世上的真假誰又說得清楚呢。我們所要的正是無欲無求，無是無非，」和尚高聲頌道。

那人聽完跪在地上給和尚磕了幾個響頭，把片子全部交給和尚，沒有多說一句話，轉身去了。

這就是佛，一席話就改變了一個人的命運，讓此人從此志向高遠，爲國爲民，據說他最後還成了大英雄，名字叫做郭靖。

我正準備說些佩服的話，突然見兩位兄長飛奔起來，我不知緣由，便問之。兩位大哥答曰：「趕回客棧啊，笨蛋，那裡有電視和ＤＶＤ機。哈哈，今天又騙到幾部經典好片。」

我吐血了。

## 一月十三日

據說在藩幫異都，十三是個不吉利的數字。

所以這一天不宜出行。他們兩個只好在房間裡紮金花。

和尚偷換了十六次牌。

道士在十九張牌上偷偷做了記號。

最終還是和尚輸得多，他不願出錢，最後答應第二天請道士洗腳。

## 二月十三日

很快一個月就過去了。

我竟然這一個月忘了記日記，主要是因爲人間太好玩了。我在這一個月也做了激烈的思想鬥爭，我有一個驚天動地的想法：我要做一個人！

我鼓足了勇氣向兩位兄長提出我想做個人，和尚和道士說這個最少要花十萬，天庭上有很多關係要「打點」，連看門的嘯天犬都要吃回扣和收過路費。

我想，一條狗能怎麼樣，於是答應滿足牠的要求。但是萬萬沒想到，牠一天吃了五斤四頭鮑，喝了六碗燕窩，晚上還要去唱卡拉ＯＫ，但是事實上牠只會唱一首歌：「快來使用雙節棍，汪汪汪汪。」最後牠意猶未盡，提出想「玩」小姐，不得

已我只好又給牠找來了兩條純種的史奇派克犬小姐。

後面的事情我就不知道了，是我兩位兄長替我打點的，我的要求就是要投胎到大戶人家，不缺錢花。等他們去打點的時候，我突然莫名地感到一陣憂傷，可能是爲告別一個時代而傷感吧。

我想我以後一定要寫一本書，名字叫《石頭時代》。

## 二月十四日

今天是我大喜的日子，我要去投胎了，聽說是京城一個大戶人家，我和我兩位哥哥揮淚而別。

大哥說：「小弟你此行要多保重，別讓哥哥操心，一定要記得你本身是塊石頭，並不是真玉，切莫露出馬腳。你投胎做了人，玉也會一直陪著你，你會含玉降落人間，是你的精神進了一凡人，這塊玉就是你真正的肉身，所以一定要保管好。還有最重要的一點，欠我們的錢一定要記得還啊。」

道士說：「別提錢，現在這種時候提錢多傷感情。弟弟，哥哥們不能陪你人世

走一遭了。主要是我們欠了王母的錢，她在玉帝耳邊吹了枕頭風，因爲到了人間，就忘了天界的事情了，她怕我們欠她的錢不認賬，所以我們去不了人間。錢還不還都是小事，關鍵是你自己保重，到時候給我們支票也是一樣。」

我一邊哭一邊說：「兩位哥哥，錢我一定會還的，我一塊頑石能有今天，是兩位哥哥一手栽培的，我絕對不是喝水忘了挖井人、乘涼忘了栽樹人的那種人。爲了不忘兩位哥哥的恩情，小弟我願請兩位哥哥給小弟我賜個名字。」

只見他們商量片刻，還沒等我做出反應，就用力地用刻刀在我的身上刻了兩個字：寶玉。

這下鮮血直流，把我疼壞了。刻完，和尚問我：「弟弟，你剛才嘴張那麼大想跟我們說什麼啊？」

我說：「我剛才想說的是，把名字寫到我身上就行了，給你們這枝水彩筆。」

## 紅樓夢原文賞析

「再說榮府你聽。方才所說異事就出在這裡。這政老爺的夫人王氏，頭胎生的公子名叫賈珠，十四歲進學，後來娶了妻，生了子，不到二十歲，一病死了；第二胎生了一位小姐，生在大年初一，就奇了；不想隔了十幾年又生了一位公子，說來更奇：一落胞胎，嘴裡便銜下一塊五彩晶瑩的玉來，還有許多字跡！你道是新聞不是？」

雨村笑道：「果然奇異！只怕這人來歷不小！」子興冷笑道：「萬人都這樣說，因而他祖母愛如珍寶。那週歲時，政老爺試他將來的志向，便將那世上所有的東西擺了無數叫他抓，誰知他一概不取，伸手只把些脂粉釵環抓來玩弄。那政老爺便不喜歡，說將來不過酒色之徒，因此便不甚愛惜，獨那太君還是命根子一般。說來又奇，如今長了十來歲，雖然淘氣異常，但其聰明乖覺，百個不及他一個！說起孩子話來也奇，他說：『女兒是水作的骨肉，男人是泥作的骨肉：我見了女兒便清爽，見了男子便覺濁臭逼人！』你道好笑不好笑？將來色鬼無疑了！」

# 第二章
# 投胎轉世成富少

「好俊俏的少爺啊，呀！嘴裡還含著一塊玉呢，」這個女人抱著我高興地說著。

我低頭一看，哇哈哈哈哈哈哈。我終於變成人了，還是個帶把的。

## 一月十五日

當第一束陽光刺穿我惺忪的睡眼，所有的夢在此時醒來（請原諒我的抒情）。

這是一個多麼重要的時刻啊！

我已經降落到人間了！

當我睜開眼睛的時候，我就是一個「人」了，一個真正的人了。

我鼓足勇氣，慢慢地睜開了眼睛，竟然發現自己躺在一個女人的懷裡。

「好俊俏的一位少爺啊，呀！嘴裡還含著一塊玉呢，」這個女人抱著我高興地說著。

我低頭一看，哇哈哈哈哈哈哈。我終於變成人了，還是個帶把的。

這時候我發現進來一個中年男人，相貌堂堂，一表人才。別人都叫他老爺。給公子起個名吧，眾人對這個男人說。

我一聽就急了，連忙說：「我又不是沒有名字，我叫寶玉啊。」

「哇，神童，一生下來就會說話，難道是活佛轉世？」只見一個女人湊上來問道，「請問您是活佛轉世嗎？給我簽個名吧，很多人都喜歡周傑倫，可是我卻覺得

# 投胎轉世成富少

活佛的歌唱得很好，很帶勁，比如那一首，快來使用雙節棍，汪汪汪汪。」

天！難道這個女人是嘯天犬轉世？

中年男人看著我若有所思地說：「寶玉，寶玉，賈寶玉。」

嗯？「假」寶玉？果然厲害，他怎麼知道我是假寶玉，而非真寶玉。莫非他已經看穿我的來歷？

不行，他若將我的真實來歷說與他人，那我怎麼混啊！事到如今，乾脆一不做二不休，來他個殺人滅口。正好我帶著我的家傳寶藥「含笑半步顛」。這種藥大家應該很熟悉，我的好朋友周星星曾在一部名叫《唐伯虎點石榴》的影片中做過廣告，這個廣告還被世界廣告協會評選爲世界十大經典廣告。

我正準備給他下藥，突然見他仰天長笑，大喝一聲：「好一個寶玉，好一個賈寶玉。」

哦，假寶玉還好，難道他喜歡假貨，難道是個造假的？

說不定他是個做假證的，那些電線杆啊、公汽站牌啊、廁所牆壁啊什麼的寫著「辦證，13XXXXXXXXX」莫非就是他幹的，正好幫我辦個假駕照，這樣就能開車兜風了。

我連忙問他：「不知道這位帥哥怎麼稱呼啊？」

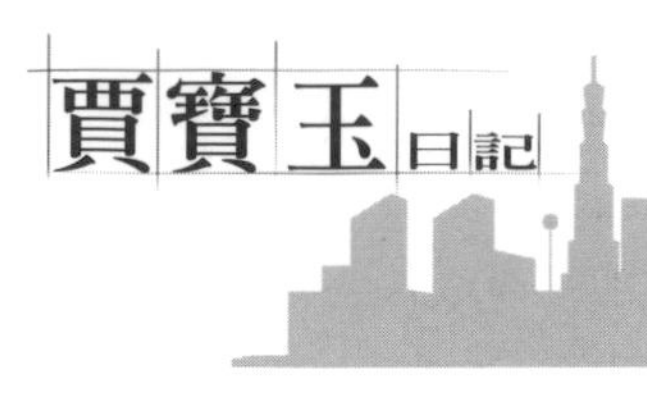

「啊！你連我都不認識，我是你爸，我是賈政。」

哦，假證？果然被我猜中了，原來真的是個辦假證的。

## 二月十五日（一年後）

好開心啊，因為今天我滿一歲了。

下午我那「假證」老爸不知什麼病犯了，突然把我抱到他的書房，說是讓我拿東西玩。我想：不拿白不拿，拿了再說。

沒想到到了書房一看，哇塞，還是個大場面，來了不少人，連任達華和葉子媚都請到了，有一套。

接著我就看到書房的一張超級大的桌子上放著不少東西，有：筆記本電腦一台、大印一枚（估計也是假的）、黃袍一件（哇，這東西也敢大模大樣地擺上來）、MP3一個、王麻子寶刀一把、佛珠一串、充氣娃娃一個、聖經一本、古龍香水一瓶、花花公子一套、將軍頭盔一頂、活鴨子一隻，這些還不算什麼，最神奇的是竟然還放著一根牙籤，旁邊還注了一行小字：此乃李連英先生為我們捐獻的第一

## 投胎轉世成富少

件器官……總之是將那世上有之物擺了個齊全，密密麻麻看不到邊。

爸爸說：「寶玉，你在這其中任選一件吧。」

只給一件啊，真吝嗇，不過一件就一件，總比什麼都撈不到強多了。

我詳細地看了一遍，目標最終還是落在了我的最愛：充氣娃娃和花花公子上了。但是當著這麼多人的面，我還是有點不好意思。

突然我發現桌子角落裡放著一些脂粉釵環，想起襲人妹妹前幾天說長大了要我送這些東西給她，何必等到長大，現在就給了她，豈不更好。於是我就伸手抓了這些脂粉釵環。

老爸看到我拿了這些東西，馬上大怒道：「將來必是酒色之徒耳。做人一定要有志向，要有目標，不想當將軍的士兵不是好士兵，你怎麼這麼沒有出息，選了這些沒用的東西，而且還是女人之物。正所謂，天生我才必有用，夜半電話到客房。我們一定要選男人之物，成男人事業，看來你注定將來難成大器。」

我聽完，慚愧之極，心想老爸說得很有道理，我不應該只想著兒女私情，應該想到江山社稷，祖國建設。

「老爸，我聽君一席話，勝讀十年書。我太崇拜你了，爲了以您爲榜樣，您能告訴我，您當年選了什麼東西嗎？」我滿懷期望地向老爸問道。

「當然是充氣娃娃了，笨蛋，這個充氣娃娃是藩邦進貢給皇上的，非常值錢，價值絕非你選的那些脂粉釵環所能比的，而且非常好用，讓人消魂，品質也很好，我都用了幾十年了，還是沒有變形。還有，我趁我爸爸，就是你爺爺不注意，還摸了一套《玉蒲團》。」

## 二月十六日

當您看到這篇日記的時候，其實我已經十六歲了。倒不是我這十幾年都沒有記日記，而是我丟失了一本日記本，這讓我悲痛欲絕，我把賈府翻了個底朝天，還是沒有找到。

其實丟了日記，我自己倒是無所謂，只不過這是中國出版界和教育界的一大損失，我自己覺得自己有點對不住中國千千萬萬高智商、高品位、高追求、高層次的一代新讀者。

算了，既然已經丟失，除了頓感遺憾之外，我們只能空歎世事無常，萬壽無疆（不好意思啊，各位，這一句可能不太合適，只不過是爲了壓韻）。不過，在幾百

年後，我的這本日記還是再現江湖了，並且被改了名字，叫做《玉女心經》。

## 紅樓夢原文賞析

忽聞外面一陣腳步響，及至進來一看，卻是位青年公子，頭上戴著束髮嵌寶紫金冠，齊眉勒著二龍戲珠金抹額，一件二色金百蝶穿花大紅箭袖，束著五彩絲攢花結長穗宮縧，外罩石青起花八團倭鍛排穗褂；登著青緞粉底小朝靴；面若中秋之月，色如春曉之花；鬢若刀裁，眉如墨畫，鼻如懸膽，睛若秋波，雖怒時而似笑，即瞋視而有情，項上金螭纓絡，又有一根五色絲縧，繫著一塊美玉。

黛玉一見便吃一大驚，心下想道：「好生奇怪……倒像在那裡見過的？……何等眼熟！……」

寶玉早已看見了一個嬝嬝婷婷的女兒，忙來見禮；歸了坐，細看時，真是與眾各別。只見：兩彎似蹙非蹙籠煙眉，一雙似喜非喜含情目。態生兩靨之愁，嬌襲一身之病。淚光點點，嬌喘微微。閒靜時似嬌花照水，行動如弱柳扶風。心較比干多一竅，病如西子勝三分。

寶玉看罷，笑道：「這個妹妹，我曾見過的。」賈母笑道：「又胡說了。你何曾見過？」寶玉笑道：「雖沒見過，卻看著面善，心裡倒像是遠別重逢的一般。」

# 第三章
# 在人間之春光無限

今天一早起來，晴雯妹妹就來叫我，說是有個新來的妹妹，據說長得很不錯，是我林姑媽的女兒。這會兒正陪著奶奶聊天呢，問我要不要去看看。

我一聽馬上來了精神，趕快梳洗打扮，噴了些古龍牌男士專用香水，直奔奶奶的房間而去……

## 三月八日

因爲上一本日記的丟失，我本不想再寫日記了，但忍了近一個月，我發現不行。還是老爸說得對，不記日記的男人不是一個完整男人，我還是記下去吧。至於我的日記後來成爲中國出版界與教育界八大奇蹟之首的事情都是後話，暫且不表。

不知不覺中，十六年過去了，真是彈指一瞬間。我莫名地憂傷起來，想打個電話找人聊天，於是把我的通訊錄翻了十幾遍，但是卻發現一個可找的人都沒有。

這種孤獨真讓人可怕。誰讓今天是三八婦女節呢，所有的女生都逛廟會去了，而偏偏我的通訊錄上全是女生，鬱悶極了。

## 三月十一日

今天一早起來，晴雯妹妹就來叫我，說是今天有個新來的妹妹，據說長得很不錯，是我林姑媽的女兒。這會兒正陪著奶奶聊天呢，問我要不要去看看。

# 在人間之春光無限

我一聽馬上來了精神，趕快梳洗打扮，頭上戴著束髮嵌寶紫金冠，齊眉勒著二龍搶珠金抹額，穿一件二色金百蝶穿花大紅箭袖，束著五彩絲攢花結長穗宮縧，外罩石青起花八團倭鍛排穗褂，蹬著青緞粉底小朝靴。還打了一點好帥牌摩絲，噴了些古龍牌男士專用香水，直奔奶奶的房間而去。

進門一看，哇，極品。這個妹妹兩彎似蹙非蹙籠煙眉，一雙似喜非喜含情目。態生兩靨之愁，嬌襲一身之病。淚光點點，嬌喘微微，閒靜時如姣花照水，行動處似弱柳扶風。心較比干多一竅，病如西子勝三分。但是不知爲什麼，我愈看愈覺得面熟，似乎在哪裡見過。

我問她：「你就是傳說中的本·拉莎嗎。」

「當然不是了，」她回答道，「你不記得我了嗎?我們見過面的啊。」

「哦，見過面?在哪裡見過面?」

「上次我們兩個不是一起拍過一個廣告嗎?」

「哦，有這回事?」

「是啊，就是那個廣告啊，有一萬三千七百八十一人站成方隊一起喊口號。」

「哦，原來是你啊，對了，你就是站在第二排第三行的那個吧。」

「對啊對啊，你記得我了。」

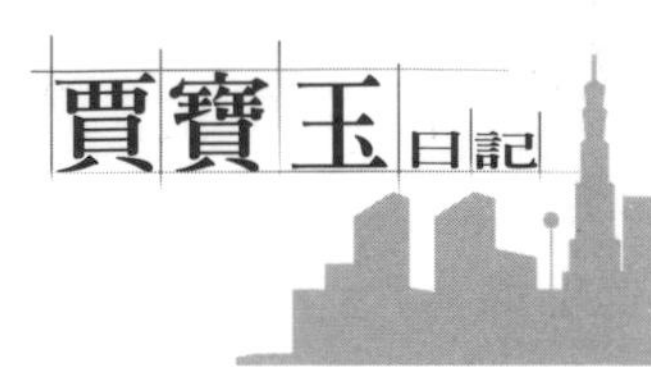

「記得了，記得了，你叫什麼啊？」

「我叫林黛玉。」

「我叫賈寶玉。我以後就叫你林妹妹吧。」

「好啊，那我叫你賈哥哥吧。哦，我們的名字裡都有個玉字，真是緣分啊。」

「你也相信緣分啊，我也特別信這個的。對了，你是什麼星座的。」

「我是射手座的。你還懂星座嗎？」

「稍微研究過一點吧，我能通過星座算出人最近是不是會有桃花運或者一夜情什麼的。」

這時候我奶奶突然說道：「啊，好孫子，你還會這個啊，快來給奶奶算算，我是處女座的。」

## 三月十二日

今天我和林妹妹相約去唱卡拉ＯＫ。她最拿手的是《健康歌》。我最拿手的是《英雄淚》。我們各把自己最拿手的歌唱了三十遍。跟我們去的丫鬟全部都聽得快

要吐了，於是她們聯名上書央求我們能不能換一首。我們看到她們太痛苦了，真的是於心不忍，就決定換歌唱。就這樣她唱《英雄淚》，我唱《健康歌》又唱了三十遍，我們唱得非常開心，但是不知道為什麼跟我們去的丫鬟還是全部又吐了，哎，真是搞不懂她們。

## 三月十三日

今天我才發現林妹妹的身體很不好，似乎一直在吃藥。我就勸她：「藥還是要少吃，藥是三分毒啊。你看你，愈來愈瘦了。」

「真的嗎？」林妹妹聽完非常高興。

「都瘦成這樣了，一臉病態，還這麼高興？」

「不是啦，你不知道，我吃的是減肥藥。前陣子我突然覺得自己有點發胖，我緊張極了，萬一我變成胖豬，那可怎麼辦啊！」

「不要緊啊，胖豬就胖豬啊，關鍵是心靈美，女人最大的美德是善良，只要善良，一定會有帥哥喜歡的。」

「真的嗎，那如果我變成胖豬，你會不會喜歡我啊？」

「會，當然會了，不過有一個條件。」

「什麼條件啊。」

「當然是先減肥，然後再隆胸，最後再整容啊。」

## 三月十四日

今天沒有見到林妹妹，聽說她去燒香了。我覺得心裡空蕩蕩的，難道我真的愛上她了？幸好還有襲人和晴雯兩位妹妹陪著我，要不然我就難過了。實在無聊，我就打電話叫她們過來，她們不一會兒就過來了。

我問襲人：「我帥不帥？」

「當然帥，」她連忙回答。

我一聽馬上給了她一記白眼：「你的回答能不能有點創意，不要老是同一個答案。」

我又問襲人：「我帥不帥？」

「不帥。」

「竟然敢撒謊，」說完我又瞪了她一眼。

我又問襲人：「我帥不帥？」

她看上去有點膽怯，小小聲地說：「我不知道。」

「你沒長眼睛嗎？怎麼會不知道，」我說。

我又問襲人：「我帥不帥？」

「你說帥就帥，你說不帥就不帥……」

她還沒說完我又甩了她一記白眼：「我要是自己說了，要你做什麼！」

她嗚嗚地哭了起來。

## 三月十六日

今天又是一個重要的日子，我的一項重要發明在今天完成了，這個發明就是各位掌中的寶典——求偶祕笈。

這個發明的名字叫做《妹妹魅力媚媚算》，通過這個前無古人，後無來者的換

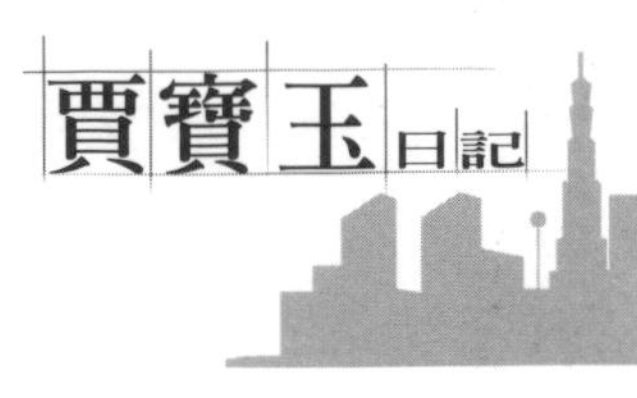


算表，您將毫不費力地算出你身邊任何一個妹妹的魅力值。這個發明絕對是時代的產物，是國家政策大環境和我個人小智慧的完美結合，它終歸會成爲眾位男士的必備品，但是不知道妹妹們會不會因此痛恨我，總之請記住我們的口號：吃飯可以沒有蒜，但是生活不能沒有媚媚算。

好了，廢話不多說了，在這裡我把這個發明和大家分享吧。

原始分爲十分

**一、身高**

標準爲一六五公分，每高一公分加一分，但超過一八五，則每高一公分減一分，低於一五五，每低一公分減一分

**二、體重**

標準爲一百斤，超過一百一十的每超過五斤減一分，體重不足八十五的每不到五斤減一分

**三、眼睛**

近視或者遠視的，超過三百度，每一百度減一分

散光，每超過一百度減一分

有病史的，每一項減一分

雙眼皮加一分，單眼皮加零點五分，三眼皮減一分，四眼皮或者沒眼皮出現的機率過小，不做統計

**四、年齡**

超過三十歲的每超過一歲減兩分，低於十六歲的每低一歲減一分

**五、其他特徵**

有兩個酒窩加一分，有一個酒窩加零點五分

長直髮加一分，卷毛減一分

**六、智商**

智商超過一百二十的每超過五分加一分，低於八十的每低五分減兩分

考試每考一次滿分加零點五分，每不及格一次減零點五分

**七、戀愛經歷**

談過戀愛的，被甩一次減一分，甩別人一次加一分，甩別人超過三次減三分，被別人甩超過三次減五分，甩別人超過十次是禽獸，被別人甩超過十次太可憐了，但是不要自殺，這裡不扣你的分，沒有談過戀愛的加五分

**八、運動愛好**

喜歡玩乒乓球、羽毛球、網球、象棋、繪畫的各加一分

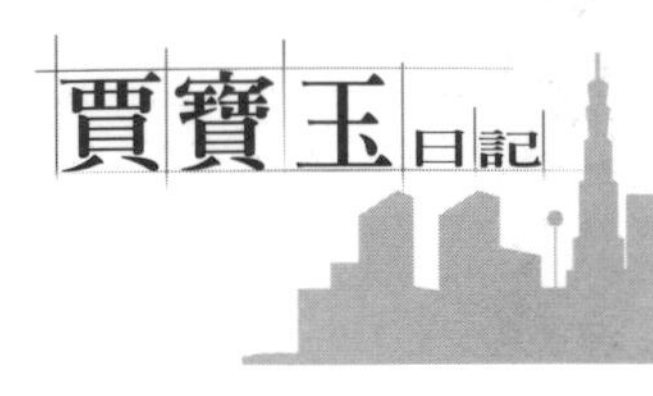


喜歡玩排球、籃球、足球、壘球的各減一分

喜歡玩橄欖球、摔跤、拳擊、柔道的各減兩分

喜歡打麻將的減三分

橡皮筋跳得好加一分

會溜冰減一分

會游泳加一分

不會騎自行車的加兩分

會開車的減一分

不喜歡逛街的加一分，喜歡逛街但不買東西的減一分，喜歡逛街又喜歡買東西的減兩分，喜歡逛街又喜歡買東西還不自己付錢的減三分，喜歡逛街又喜歡買東西又不自己付錢但讓別的男人付錢的減五分或加五分（看個人態度）

英文四級沒過減兩分，六級沒過減一分

唱歌唱得好加二分

五音不全減三分

不會喝酒加一分，會喝酒但是從不喝酒的加兩分，會喝酒並且經常喝酒的減一分，會喝酒經常喝醉但不耍酒瘋的減兩分，會喝酒並且經常喝醉還耍酒瘋但沒有暴

力傾向的減三分，會喝酒並且經常喝醉耍酒瘋還有暴力傾向的減五分（有特殊愛好者可以加分）

喜歡養寵物加一分，喜歡養昂貴寵物減一分

會做飯加一分

喜歡做家務加一分

喜歡讀散文加兩分，喜歡讀小說加一分，喜歡詩歌的減三分

喜歡曹查理減三分，喜歡F4減五分

## 三月二十二日

今天中午，也不知道爲何，我覺得非常疲憊，可是奶奶偏偏叫我陪她打麻將。我早就知道她在牌上做了手腳，我也懶得戳穿她，她興致很高，畢竟她贏錢了啊。從早上九點到現在，她贏了我、可卿、襲人不少錢。

到了中午一點，我實在困頓非常，央求奶奶放過我吧。她拗不過我，只好答應了。但是要求我找個就近的地方休息休息，下午接著築長城，天哪，乾脆讓我死了

算了。可卿連忙說：「我們這裡有給寶叔收拾下的屋子，老祖宗放心，只管交與我就是了。」說著她就把我領到一個房間裡去。

進門一看，裝修得好豪華啊，七十三英寸的背投彩電、鱷魚皮的組合沙發、超大液晶螢幕的電腦三台、名貴花草十幾盆、中間牆上還掛著一副巨大的油畫，名字叫做《燃藜圖》，聽說這個是著名畫家吳孟達的手筆，旁邊還有一副對聯，上聯是世事洞明皆學問，下聯是人情練達即文章。真是俗不可耐，不能忍受，這哪裡可以讓人睡得著覺啊，我喜歡溫馨一點的，最起碼應該有個卡通大床，床上再放幾個史奴比或者加菲貓之類的。

可卿看我表情，馬上明白我的意思，向我使個媚眼，我就跟著她去了。哇，她的閨房真是不同凡響，好大的床啊，上面放著幾個巨大的卡通娃娃。房間裡還有陣陣香氣襲來，牆上也掛著一副油畫，名字叫《海棠春睡圖》，這樣的淫畫，一定是出自偶像派畫家令狐沖之手。旁邊也有一副對聯，上聯是嫩寒鎖夢因春冷，下聯是芳氣襲人是酒香。茶几上放的個個都非俗品，有武則天當日鏡室中設的寶鏡，一邊擺著趙飛燕立著舞的金盤，盤內盛著安祿山擲過傷了太真乳的木瓜。上面設著壽昌公主於含章殿下臥的榻，懸的是同昌公主製的連珠帳。哈哈，果真是一個睡覺的好去處。我心裡暗自竊喜，真是個竊玉偷香的好地方啊。

# 在人間之春光無限

我脫了鞋子，往床上一跳，準備先大睡一覺。

突然感覺可卿妹妹在遠處呼喚我，我便隨她去了，竟然來到了一個從沒有來過的地方，只見朱欄白石，綠樹清溪，真是人跡希逢，飛塵不到，果然是世外桃源，人間仙境啊。還有陣陣山歌傳來，原來是張獵戶在唱山歌，據說他還準備在果皮村開個個唱，聽說有門票炒到四個銅板一張，創了中國歷史新高。門票這麼高，據說主要是有藩邦的人妖表演，這種人妖說來話長，這個概念很難定義。不過唐老大下的定義最爲得到認可：人是人他媽生的，妖是妖他媽生的，妖一旦有了人的感情，就不再是妖，而是人妖。

再往前走，可卿竟然突然不見了，我心頭一驚，連忙問旁邊的一個仙姑，請問你有沒有見過一個胸脯很大的女人。她說：「哦，我剛看到她過去了，你跟我來。」走了幾條小路後聽見她高喊：「子媚，來熟客了。」天，原來是葉姐姐。「哦，寶玉啊，你找我什麼事情，」葉姐姐問道。我連忙說：「我不是找你的，我是找秦可卿的，剛才還在一塊的，怎麼一轉身就不見她了？」

這時候我的電話響了，是可卿打來的：「喂，你快來世貿大廈，我定了房間，是九一一，快來啊。」我連忙告辭了子媚，去找可卿了。到了房間，紅色的蠟燭、九一一年的紅酒、高檔的套花棗木床，更惹人的是她薄如蟬翼的睡衣。

呵，比我還著急。二話沒說，我們就風雲雄霸天下了。這時候，窗戶外正在放煙花，可卿對我說：「今天是潑水節，據說潑水節必須要每兩個小時放一次煙花，這樣吧，每看到一次煙花我們就風雲一次，好不好？」「當然好啊，」我高興地回答。剛開始還可以，後來我發現怎麼煙花好像愈放愈快了，心想這樣下去，非精盡人亡不可。於是我乘著上廁所的時候，趕快跑到煙花燃放處，對放煙花的主管說：「老兄，幫幫忙，你們能不能每六個小時放一次，我給你們四十兩銀子。」主管聽完抱歉地對我說：「啊，小兄弟，不好意思，幾個小時前有個女人跑來給了我們一百兩，讓我們改爲每半個小時放一次。」

啊！

這時我才感覺到身上隱隱發痛，睜眼一看竟然掉到床下了，原來是一場噩夢。

## 三月二十七日

沒事做，正和襲人、晴雯三個人閒聊。遠遠看到一個美女，長得冰雪聰明，可愛伶俐，身穿一件蜜合色棉襖，玫瑰紫二色金銀鼠比肩褂，蔥黃綾棉裙，一色半

新不舊，看去不覺奢華。唇不點而紅，眉不畫而翠，臉若銀盆，眼如水杏。人過留香，只覺得眼前一亮。搞得我禁不住春心蕩漾，久久不能平息。

連忙問旁邊兩位妹妹，那妹妹是誰？

襲人答道：「你怎麼連她都不識得，她姓薛名寶釵，是薛蟠之妹。」

哦，薛寶釵。和我的名字都有個寶字，看來也是有孽緣的，很好很好，我一邊想一邊禁不住即興吟起詩來。

那妹妹竟對我回眸一笑。

## 四月一日

這幾天和黛玉的感情進展很快，但是又怕被家裡人知道我們拍拖的消息，我們出門都得戴上墨鏡，偷偷摸摸。今天是愚人節，我們打算一起去慶祝這個屬於我們自己的節日。於是我們約好今夜三更，我學三聲貓叫，然後一起從後門溜走，去夜市吃燒烤。

到了三更，我連忙溜到窗下，學了三聲貓叫。只聽得有人在遠處說：「咦，隔

壁王大媽家看公廁的旺才又跑到院子裡來了嗎？我們去找找，吃個紅燒狗肉算了，好久沒吃過狗肉了。」我真想衝出去扁他們一頓，連狗和貓的叫聲都分不出來，真是的。等了一會兒，沒見林妹妹有什麼動靜，我只好又叫了三聲：「汪、汪、汪。」

## 四月二日

昨晚吃燒烤把肚子給吃壞了，早上占著廁所一上午。幸虧賈府是大戶人家，廁所眾多，要不然其他人還要花錢去隔壁王大媽那裡上公廁，這陣子聽說還漲價了。

## 四月三日

這幾天我和黛玉打得火熱，但我心裡一直惦記著寶釵。也不知道她這幾天有沒有上網，我給她發了封E-mail，寫了首感人至深的情詩給她，簡直是催人淚下。

# 在人間之春光無限

## 四月五日

今天大家全體出動去掃墓，真是個晴朗的好天氣啊！

我們邊走邊唱著歌，這時寶釵湊了過來，說道：「你寫的詩我看到了，寫得真棒，我感動得都哭了，其實我也特別愛好文學，我以前也寫點小文章，還曾經在《賈府通訊》上發表過幾篇呢。」

「哦，是嗎？那上面的東西很幼稚的，我從來不看的，」我故作清高地說（我怎麼沒聽說過什麼賈府通訊啊）。

看樣子她相信了，崇拜地看著我問道：「你能告訴我，你最喜歡的作家是誰嗎？」

我想了想說：「是周潤發，他寫的那個《百年風騷》不知道你看過沒有，寫得非常好，尤其是講一個猴子從石頭裡面蹦出來的那一段，太精彩了。」

「哦，我沒有看過，你的知識真淵博啊，」她滿懷深情地看著我說。

很快就到了掃墓區，大家都跪下來了，我也趕緊跟著跪下來，我問旁邊的劉姥姥：「今天是給誰掃墓啊？」劉姥姥一邊哭一邊說：「就是我的夢中情人啊。」我連忙安慰她說：「不要難過了，人死不能復生，還是節哀順便吧，不知道您的夢中情人是哪一位？」「就是張國榮啊。」

哦，原來今天賈府全體來掃「哥哥」的墓，那我倒要認真上幾柱香了，這時候突然有一個人站起來高喊：我愛黎明，我愛黎明。

馬上無數人衝上去扁他一頓。

## 四月九日

這幾天我突然迷戀上了佛法，於是今天興致高昂地叫上黛玉與我一同去找個寺院求佛論法。

沒走多遠，就來到了著名的相國寺，正準備進寺拜訪，突然看到很多人都在門口看一張告示。於是我便擠了進去，只見告示的頭一句寫道：「此是廟宇。」我一看，誰不知道這是一座廟宇？於是又往下看，第二句寫道：「不許拜訪。」我心裡暗自納悶，寺院爲什麼不准求佛之人拜訪呢？大概是有什麼特別緣故吧，於是便往

下看去：「若要拜訪，」我看到這裡，心下暗暗吃驚。「若要拜訪」會怎麼樣？難道要……往下一看，原來是：「別處拜訪！」

我當即拉著林妹妹離開了，這種廟宇，哪會有什麼佛法。

不知走了多久，又碰到一個寺院，看到幾個和尚正在刷牆，我心中不解，便問之。一和尚答曰：「平日遊客眾多，喜留墨寶，久之，各種怪話都有，我師傅覺得很不雅觀，於是叫我們把牆刷白了。」

過了一會兒，一個和尚拿了筆在上面寫了起來，我走到跟前一看，原來寫的是：此處不許寫字。一個雲遊的道士正好看到了這一幕，冷笑了兩聲，拿起筆寫道：那你為何先寫字？我一看心覺氣憤，人家明明寫著不許寫字，這個道士還要去寫，太無理了，我也拿起筆寫了：他寫干你何事？這時候林妹妹對我說：「你真笨啊，你怎麼能也去寫呢，這樣你豈不是也寫了字，和那個無聊的道士又有什麼區別啊？」我幡然醒悟，忙說：「那怎麼辦啊？」她說：「別擔心，看我的。」說完就在我寫的那句話下面寫了一句：上面這句話不算。

有個性，我喜歡。

## 四月十六日

有陣子忙著和黛玉、寶釵兩位妹妹交往，明顯地冷落了襲人和晴雯兩位妹妹，這讓我心存愧疚，心想怎麼也不能這麼沒有人性，所以決定去找她們聊聊。我拿出我的手機，給她們分別打了電話，但都通話中，請您稍後再撥。讓我鬱悶不已。

最後好不容易打通了襲人的電話，我劈頭就問：「怎麼回事啊，跟誰打電話呢？打這麼長時間？」

「給晴雯啊。」

「……」

## 四月十八日

今天陽光明媚，烏雲漫天。

我和黛玉、寶釵、襲人還有晴雯在一起聊天，不知道是誰提議比賽造句，這個主意好，我們大家均表示贊同。

# 在人間之春光無限

大家一致決定由我來出詞，她們比賽造句。

我想了一下，她們四個都是我的女人，要讓她們和睦相處才是，於是就出了個「團結」。

還是襲人聰明，第一個說：「我先來：我吃了一個飯團結果沒吃飽。」

晴雯馬上說：「哦，這個我也會：我吃了兩個飯團結果飽了。」

寶釵一聽也不示弱：「我吃了三個飯團結果吃撐了。」

這會兒只見黛玉不緊不慢地說：「那我也來一個吧：我吃了一百個飯團結果證明我說謊了。」

見她們造句如此厲害，我心想一定要來個難的，要不然總被她們輕易對上，那我多麼沒面子啊。

我又想了一下出了個「如果」。

結果又是襲人搶先：「奶糖不如果凍好吃。」

這會兒黛玉先開口了：「假如果凍真比奶糖好吃我就多買點果凍。」

寶釵看到黛玉搶先，當然不能示弱，連忙說道：「假如果凍真的比奶糖好吃我還是買奶糖。」

……難道你們除了奶糖和果凍就沒別的追求了？

還是晴雯了解我的心意說道：「你們怎麼除了奶糖就是果凍啊，一點新意都沒有。看我的：我最不喜歡的事情就是重複別人說過的話，比如果凍和奶糖。」

我發誓，我再也不和她們玩造句了。

## 四月十九日

今天可是個大日子，嘿嘿，我大姐元春回來了。她可不是個簡單人物，她嫁了個大人物。其實我覺得她很不錯，乘著還有幾分姿色，趕快找一個，別像黛玉、寶釵她們幾個，還相信什麼海誓山盟，花前月下，等你們人老珠黃，誰還愛你們啊？

「禽獸！」

嗯？剛才誰好像在叫我。

我聽說我大姐嫁的是個高層，還封她做什麼賢德妃。不過她也回來不了幾天，你想在那些政府機關，探親假能有幾天啊，還不是要一級級簽字准假，麻煩著呢。所以簡單吃頓飯，隨便發幾個紅包就算了，大家聽她回來高興，不就是爲了那幾張「老人頭」嗎。不過我那「假證」老爹可不這麼想，哎，怎一個「虛榮」二字了

得，爲了迎接她回來探親，他還大興土木，請了好幾個包工頭子來招標。其實這裡面也黑得很，送錢的送錢，拖關係的拖關係，都知道這是個好工程啊！

下午，我見到我大姐了。

真是幾日不見，刮目相看。一身名牌，還沒進門，就已經給我們吹上了：「今天回家回得匆忙，也沒顧上換衣服，就這身，將就著看吧，外套是克林頓的、褲子是葉裡欽的、帽子是賓拉登的、鞋子是撒達姆的……」

……

## 四月二十日

爲了迎接我大姐而修的大觀園終於完工了。

賈府上下張燈結綵，好不熱鬧。看樣子要弄成一個大場面的竣工典禮，據說有不少名人前來捧場呢，難道玉卿和子媚兩位姐姐也來？上輩子是頑石一塊，這輩子能和這兩位姐姐共度良宵，也不枉我人世走一遭，嘿嘿！

看來消息不假，兩位姐姐真的來了，但我突然發現黛玉和寶釵早就盯上我了，

這種時候，她們兩個成了一個戰壕裡的戰友，哎，看來今天我沒什麼便宜可占了。

正在鬱悶，突然聽到那邊有人說話，原來是我老爸。他的聲音就像破鑼，真不明白幹嘛讓他主持，嘯天犬都比他強。

各位來賓、先生們、女士們：

首先我代表賈府上下熱烈歡迎大家光臨大觀園專案竣工典禮，大家吃好喝好，喝好吃好（這時不知道是誰扔上來了一個瓶子）。這個專案的順利竣工，是和上級的熱切關懷和英明決策和認真指導和嚴格監督和積極幫助和……（切，下去吧。）

我老爸一看情況不對，連忙改口：

今天沒什麼心意表示給大家，凡是來的人每人一塊「洗不淨」香皂。」（熱烈鼓掌。）

等一會兒還有大型的勁歌熱舞表演，請大家不要走遠。（更加熱烈的鼓掌。）

然後我要感謝一些人，首先是我們專案部的全體工作人員，我的爸爸、我的媽媽、我的哥哥、我的姐姐、我的阿姨、我的叔叔、我的舅舅、我的姑媽、專案經理

陳玄風先生、書記梅超風小姐、還有我最最想感謝的人就是我的愛人，她總是默默地支持我，我才有足夠的信心把這個專案做好，我還要感謝監理公司和豆腐渣工程公司的大力合作與辛勤勞動，我們才能如期竣工。（只見磚頭和瓶子如雨一般瘋狂飛了上來。）

最後還有一句……

真可憐，他還沒有說完，就被砸得頭破血流，暈了過去。快打一一九，我奶奶大聲喊道。

## 四月二十三日

今天我和林妹妹應邀去拍攝一個廣告，也不知道是什麼內容，希望只有我們兩個演，別再像上次一樣找了一萬三千七百八十一人一起演。

到了拍攝現場一看，原來是拍攝魔力寶貝牌洗髮精的廣告。導演一聲預備——開排。（就開始了）

但是要演什麼都沒跟我們說，我們怎麼演啊？我只好看著林妹妹，看樣子，她也很茫然。

就這樣沈默著，很尷尬，

過了一會兒，導演大罵：「幹嘛找兩個啞巴來拍廣告，我告訴過你們多少遍了，我們是劇組，不是殘障聯盟。」

竟然說我們是啞巴，這下把我激怒了。

「你又沒告訴我們台詞是什麼啊，我們說什麼啊？」我說道。

「你們兩個是豬嗎？要是什麼都要我告訴你們，還要你們做什麼？你們眼睛睜這麼大做什麼，想嚇死人啊，你們沒有台詞，快轉過來讓我們拍。」

也不知道他在搞什麼，我們只好任人擺弄了。

後來他們就用攝影機拍了拍我的頭，然後又拍了拍黛玉的頭，就結束了。

我們等了一會兒，片子剪好了，我們一看原來是在拍我的頭時出現一段旁白：您看，這就是沒有用我們魔力寶貝洗髮精的朋友。然後又拍著黛玉的頭說：您看，這位朋友只用了一瓶，效果果然不一樣了。

## 四月二十五日

天天和她們四個待在一起，煩都煩死了。我決定今天自己出去風流一下，正所謂人不風流枉少年，孤舟已過萬重山。其實，這個計畫由來已久了，前陣子聽說鐵嶺來了一位妹妹，有閉月羞花之容、沈魚落雁之貌，有傾城傾國之色、殺人不眨眼之狠，絕對的美豔絕倫，號稱迷死你不償命，而且對客人百般挑剔，要有身份、有家產、有學問、有相貌、有文憑、有膽識、有深度、有層次、有品味、有夠酷、有夠炫、有夠騷、有夠帥、有夠拽……

試問云云眾生，能達得到這樣要求的能有幾人？我想，普天之下也只有我賈寶玉能夠滿足，哎，看來不去都不行了，別人為你量體裁衣，我又怎好拂人好意呢？

於是我在昨天就定了去鐵嶺的機票。

飛機還真是快，只見瞬間電閃雷鳴、風雨交加、天搖地動、山崩地裂（不好意思，為了渲染氣氛，我稍微誇張了一點點），我就在天上展翅飛翔了！

很快就到了鐵嶺，只見從山上蜿蜿蜒蜒排著一條長隊，從鐵嶺峰頂直排到海南島。我心中納悶，就準備去問一位年近八十的老傢伙，只見他老態龍鍾，疲態盡現，一手拿著一個鹽水瓶，另一隻手上紮著針頭。他那手，瘦得連血管都看不到了，我真佩服給他紮針的那位，真是太強了。真不知是什麼魔力讓這些眾人如此虔誠，甚至不惜三天不洗頭這麼大的代價在這裡排隊等待呢。

還不待我問，老傢伙就主動跟我搭話：「你一定納悶我們爲什麼這麼虔誠地排隊等待吧？公子有所不知，我們是來拜見世界第一名妓翠花小姐的，我們排上一年半載，只求見她一面，一睹尊容，便死而無憾了，若是有幸得她垂簾，共度良宵，就是十世爲豬，我也心甘情願。公子一定是遠道而來的吧？」

「是啊，」我說道。原來這麼多人等著見翠花啊，那我要等到雞年狗月去了。

正鬱悶著，突然排在很前面的一個男人小聲喊我。

我問他什麼事。

他小聲說：「你是來見翠花的吧。」

「是啊，怎麼了？」

「嘿嘿，你要是等著排隊我看要等上幾個月啊，這樣吧，我看你比我著急，我把我的位子賣給你，怎麼樣？」

## 四月二十六日

我昨天花了一千兩銀子買了個靠前的位子，打地鋪睡了一晚上，一大早就輪到我了。前面的據說全部被淘汰了，我想這個翠花還真是挑剔啊。

哇，一見果真不同凡響，真乃一天人。

我心想：這等絕色佳人，不能開價開少了，否則就顯得唐突無禮了。於是我張嘴就說：「翠花小姐，我出一萬兩白銀。」

只見她眼角一飛，說道：「我是這種人嗎？我是賣藝不賣身的，送客。」

不是吧，這就趕我走了，難怪前面那些人都被淘汰了呢。

我連忙說：「兩萬兩，我出兩萬兩。」

她一聽說道：「其實我根本不似愛錢之人那般粗俗無聊，但是遇到志趣相投的自當多飲幾杯，一訴衷腸。」

我一聽原來話裡有話啊，於是我說：「三萬兩但求翠花姑娘春宵一刻。」

她聽完說道：「你這個死冤家，奴家今天是你的人了。」

## 四月三十日

這幾日的快活自當不必多說。

明天就是五一黃金周了，反正不用補課，我決定轉機去一趟杭州，聽說那裡景色非常優美。我已經想好了，但沒想到中午突然接到奶奶的來信，原來是她太想念我了。我看著信，感動極了，心想世界上沒有比奶奶更愛我的人了，禁不住熱淚盈眶。現在我把這封信記在我的日記裡，與大家分享，希望大家明白親情最親，奶奶更親的道理，要珍惜親情，珍惜奶奶，正所謂家有一老，如有一寶，奶奶萬歲……

誰？是誰敲我頭？

## 四月三十一日

原來四月沒有三十一日，不好意思。今天應該是五月一日。

昨天不知道被誰敲了一記，於是沒寫完，今天把沒寫完的補上，等會兒就要上回去的飛機了，回家真好啊。後來我把我此時的感受告訴了劉德華，他聽完非常感動，馬上寫了一首歌。

還是看信吧。

親愛的小孫孫：

我的這封信寫得很慢，因為你看字看得很慢，識的字也不多。由於你不經常出遠門，這次你走得這麼遠，奶奶很擔心你，怕你回來找不到路，我就給你畫了張地圖，由於地圖太大，信封裡裝不下，我又給你寄了一個包裹，應該很快能收到，要是到春節還收不到，我就去郵局幫你查一下。

我寫信的這天，賈府上下為了迎接五一黃金周，進行了兩次義務勞動，一次十四個小時，一次十個小時，中間休息了三個小時。

還有一件喜事要告訴你，你姐姐生了一個兒子，不過我們還不知道男女，所以也不知道你能做叔叔還是阿姨，但是我們大家都非常高興，因為我又多了一個外甥，所以你要趕快回來，給你姐姐的兒子起個名字，我初步想了一下，要是你姐姐生了個兒子，就叫劍南春，要是生了個女兒，就叫瀘州老窖。

最後也沒什麼多說的，就是很想念你，沒有誰是比奶奶更想念你的，你快回來，我一人承受不來，你快回來，生命因你而精彩，你快回來，把我的思念帶回來，別讓我的心，空如大海。

很感人吧，尤其是最後煽情的那一段，真是千古美文，敢比朱自清。還有一件讓我更欣慰的事是，自從郵資漲價後，信件的速度還是沒有加快。但是奶奶給我的包裹竟然按時收到了。我打開包裹一看。是一個地球儀。

奶奶

## 五月二日

回到家的感覺真的很好，昨天睡了飽飽的一覺，今天和林妹妹約好出去玩。上街一看，天啊，真是人山人海，不就是放幾天假嗎！沒辦法，我們只有決定去看電影。

到了電影院一看，現在的電影太多了，真不知道看什麼，到處都是垃圾片。這時候突然眼前一亮，只見一部電影的名字叫做《七個男人對一個女人會做什麼》，廣告語更是狂誘人：這部巨片真實記錄了當七個醜陋畸形的男人和一個貌美如花、冰清玉潔的神祕少女深入密林後所發生的一切。這個女人莫名暈倒，你想知道等待

這個女人的將是怎麼樣的一場極度令人噴血的浩劫嗎……

哈哈，我喜歡。連忙買了票拉著林妹妹進了電影院，很快電影就開始了，只見螢幕上打出四個大字——白雪公主。

## 五月三日

昨天一場「白雪公主」沒讓我當場吐血死掉。而林妹妹由於不停大罵而嘴巴抽筋。於是我就約了寶釵妹妹一起出去玩。

街上人還是那麼多。

哎，只得又去看電影，這次我發誓再也不看什麼「白雪公主」了。到了電影院一看，見到還是那個電影「七個男人對一個女人會做什麼」，但是廣告語換了：如仙子般的美女與七個男人，有殘廢、有兇殘、有變態、有道貌岸然、有暴力、有富有窮、有老有少的，會發生怎麼樣讓人難以想像的故事，讓我們拭目以待。特別注意，此片絕非「白雪公主」。

哇，這樣好片，怎能錯過，我和寶釵興高采烈地買票進場了。

電影又是很快就開始了，我發現座無虛席，在一個角落裡似乎有兩個熟悉的身影，仔細一看原來是我老爸賈政和王熙鳳，赫，他們難道有一腿？往前一看，啊，我奶奶在前面吃爆米花呢。

算了，管他們呢，看我的電影吧，肯定是三級大片，我心下暗喜，把寶釵緊緊抱住。電影開始了，只見螢幕上四個大字——八仙過海。

我當即吐血了。

## 五月五日

今天不知道為什麼，突然覺得自己很憂傷，很孤獨，我什麼也不想說，只是想唱：今夜的寂寞讓我如此美麗。

## 五月六日

啊，今天的天氣真好啊。

## 五月七日

妹妹你坐船頭，哥哥在岸上走，恩恩愛愛纖繩蕩悠悠……這是我今天學的一首新歌，太棒了。

## 紅樓夢原文賞析

寶釵笑說道：「成日家說你的這塊玉，究竟未曾細細的賞鑒過，我今兒倒要瞧瞧。」說著便挪近前來。寶玉亦湊過去，便從項上摘下來，遞在寶釵手內。寶釵托在掌上，只見大如雀卵，燦若明霞，瑩潤如酥，五色花紋纏護。寶釵看畢，又從新翻過正面來細看，口裡念道：「莫失莫忘，仙壽恒昌。」念了兩遍，乃回頭向鶯兒笑道：「你不去倒茶，也在這裡發呆作什麼？」鶯兒也嘻嘻的笑道：「我聽這兩句話倒像和姑娘項圈上的兩句話是一對兒。」

寶玉聽了，忙笑道：「原來姐姐那項圈上也有字？我也賞鑒賞鑒。」寶釵被他纏不過，將那珠寶晶瑩黃金燦爛的瓔珞摘出來。寶玉忙托著鎖看時，果然一面有四個字，兩面八個字，共成兩句吉讖。「正面：不離不棄，反面：芳齡永繼。」寶玉看了，也念了兩遍，又念自己的兩遍，因笑問：「姐姐，這八個字倒和我的是一對兒。」

一語未了，忽聽外面人說：「林姑娘來了。」話猶未完，黛玉已搖搖擺擺的進來，一見寶玉，便笑道：「哎喲！我來得不巧了。」寶玉等忙起身讓坐。寶釵笑道：「這是怎麼說？」黛玉道：「早知她來，我就不來了。」寶釵道：「這是什麼意思？」黛玉道：「什麼意思呢。來呢，一齊來，不來，一個也不來。今兒她來，明兒我來，間錯開了來，豈不天天有人來呢？也不至太冷落，也不至太熱鬧。姐姐有什麼不解的呢？」

# 第四章 黛玉不上網，網上無美女

有時候覺得自己有黛玉她們四位紅粉知己已經是很幸福的事情了，可是有時候又覺得極度空虛，甚至想逃離她們。這種可怕的想法折磨著我，勞累不已。

所以從今天開始，我打算過另外一種生活，就是網路的世界，完全的網路生活，這樣可能會讓我覺得安全一些。

首先就是要找到一個妹妹網戀。

## 五月八日

這幾天的日記都很短，其實主要是因爲我最近忙著做一件重要的事情，就是我裝了寬頻，天天上網泡妹妹呢，所以沒怎麼寫日記。

網上的妹妹真是多，簡直讓人眼花繚亂，所以這幾天也一直在疏遠黛玉、寶釵她們。她們不停地給我打電話，但是我真的不想接，也不知道這是爲什麼，可能就像一位哲人說過的：世上本沒有電話，打的人多了，便有了ＱＱ。

## 五月九日

一段時間了，一直很浮躁，感覺這繁華俗世給人的壓力太大了，讓人覺得壓抑、困頓，甚至說不出話來。有時候覺得自己有黛玉她們四位紅粉知己已經是很幸福的事情了，可是有時候又覺得極度空虛，甚至想逃離她們。這種可怕的想法折磨

# 黛玉不上網 網上無美女

著我，勞累不已。

所以從今天開始，我打算過另外一種生活，就是網路的世界，完全的網路生活，這樣可能會讓我覺得安全一些。

首先就是要找到一個妹妹網戀。

嘿嘿，「陽光女孩」，好，就是她了。

我馬上和她打招呼：你好，我能和你網戀嗎？

她回覆得很快：你是男的還是女的？

我覺得她問得莫名其妙，於是回覆道：當然是男的啊。

只見「她」打出一排字：滾開，我也是個爺們。

爺們叫什麼陽光女孩啊，我趕快把他（她）刪了。

雖然經歷了這麼一次挫折，但是我是絕對不會放棄的，只要功夫深，月上柳梢頭。

我又找到目標了，「過眼雲煙」。一聽名字就是個成熟的妹妹。

我馬上發訊息：你好，我們網戀吧。

過了好長時間她才回覆說好啊。

我一看有戲，高興極了，又問你多大了？

我等啊等，還是不見她回覆，只好催她：親愛的，你還在嗎？

又等了一陣子她終於說道：我在啊，不過我爸爸打字的速度太慢。

啊？你爸爸？

是啊，我爸爸在教我上網呢。

你多大了？

七歲半了。

？？？？？？？？？？？代我問叔叔好。

哎，今天實在是太鬱悶了。

## 五月十日

一覺睡醒，還是不甘心。

正所謂持之以恒，動之以情，世間自有公道，有付出就有回報。

於是我整理整理精神又來到網上。

很快就看到一個有感覺的——藍色星辰。

寶玉：我能和你網戀嗎？

藍色星辰：好啊。

寶玉：哦，我們怎麼開始呢？

藍色星辰：好啊。

寶玉：你在說什麼？

藍色星辰：好啊。

寶玉：你到底在不在啊？

藍色星辰：好啊。

寶玉：好個頭啊。

藍色星辰：好啊。

……我恨死自動回覆了。

## 五月十一日

我就不相信。

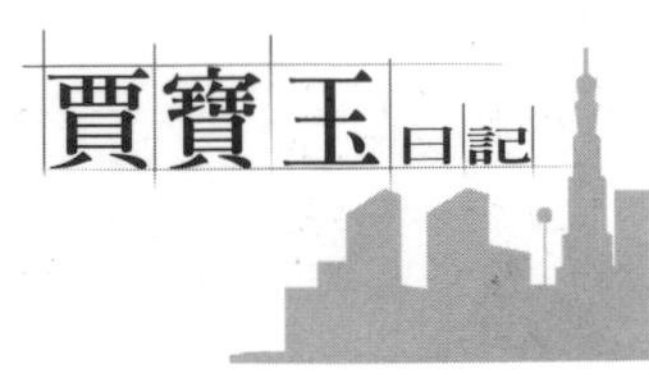


今天再來。

紅袖添亂。好，就是她了。

寶玉：你好，我能和你網戀嗎？

紅袖添亂：你是誰？

寶玉：你不認識我的。

紅袖添亂：少騙人了，你是大傻吧？

寶玉：？？？什麼大傻？

紅袖添亂：你真的不是大傻？

寶玉：我真的不是大傻。

紅袖添亂：那你是誰？

寶玉：我說了我們不認識啊。

紅袖添亂：那你幹嘛跟我網戀？

寶玉：覺得有感覺啊。

紅袖添亂：什麼感覺？

寶玉：就是……我也說不上。

紅袖添亂：神經病。

寶玉：？？？爲什麼罵我？

紅袖添亂：滾，煩著呢。

## 五月十二日

繼續。

依舊。

今天我找到一個名叫陽光檸檬的女孩。

這個感覺比較陽光，應該不會像昨天遇到的那個。

寶玉：你好，我能和你網戀嗎？

陽光檸檬：？？？什麼叫網戀啊？

寶玉：哦？網戀就是通過網路來談戀愛啊。

陽光檸檬：哦，但是通過網路怎麼談呢？

寶玉：……？？？我也說不上。

陽光檸檬：你也說不上啊，那怎麼辦呢？

寶玉：你覺得什麼是戀愛？
陽光檸檬：戀愛啊？起碼先看電影、然後拉手、擁抱、接吻、做愛啊。
寶玉：哦，我也不知道說什麼了。
陽光檸檬：很多人都說我好傻的，沒想到今天遇到個比我更傻的，你真可憐。
寶玉：啊！
陽光檸檬：怎麼了？你怎麼了？怎麼了啊？你沒事吧，喂，你別嚇我。
寶玉：我沒怎麼啊。
陽光檸檬：哦，你是不是從來沒有談過戀愛啊？要不我陪你做愛吧，但是不能談戀愛，因爲我有男朋友的，我不能對不起他的，請你諒解。
寶玉：啊啊啊啊啊啊？？？？？哦，不用了，我下線了，謝謝你。
這個世界怎麼會變成這樣？天哪！

## 五月十三日

今天運氣特別好，竟然遇到一個主動的妹妹。

# 黛玉不上網 網上無美女

她一上來就對我說：「寶玉哥哥，我能和你網戀嗎？」

我當然不會拒絕了，連忙說：「可以啊。」

她又說：「那請問您是電腦高手嗎？」

哦，原來她喜歡電腦高手啊，嘿嘿，雖然我是個菜鳥，但是還是硬著頭皮說：「還行啦。」

「哦，我真喜歡你啊，」她還挺直接的。

「哦，我也很喜歡你啊，」我當然不能示弱了。

她又說：「那親愛的，你能幫我的忙嗎？」

「當然可以啊，」我回答。

「哦，你能告訴我三個盜取別人QQ的辦法嗎？我急用，很急很急。」

她的問題沒讓我吐血。但是這樣的機會我也不能輕易放過，只好勉強發了三個辦法給她，我的辦法絕對還是很有效的。

一、站在別人身後偷看別人的密碼。

二、拿把刀架在別人脖子上威脅他說出密碼。

三、連中十次彩票然後收購騰訊公司，那樣你想要誰的QQ就要誰的。

我正在暗自得意呢。

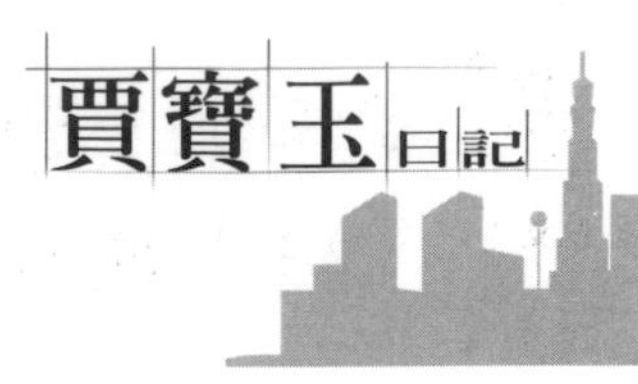


只見她說了句：「滾。」

## 五月十四日

如果今天再遇不到合適的妹妹，我就要放棄了。

這時候一個妹妹出現了。

她似乎對我很熱情，一個勁兒的和我說話。

水晶：喂，你在做什麼呢？

寶玉：上網啊。

水晶：你一般上網做什麼呢？

寶玉：聊天啊。

水晶：聊天做什麼啊？

寶玉：無聊啊。

水晶：你喝果汁嗎？

寶玉：果汁？

# 黛玉不上網　網上無美女

水晶：是啊。
寶玉：果汁在哪？
水晶：當然是在我手上了啊。笨死了。
寶玉：啊？在你手上我怎麼喝啊？
水晶：哈哈哈哈，這還問我啊，當然是用嘴喝啊。
寶玉：……昏倒。
水晶：你先別昏，我還有件事情問你呢。
寶玉：什麼事情啊？
水晶：我的果汁沒地方放啊，怎麼辦？
寶玉：放在你的電腦桌上啊。
水晶：可是我的電腦桌上面堆滿了光碟。
寶玉：這很簡單啊，你把光碟移開啊。
水晶：可是移到哪裡去呢？
寶玉：你可以移到床上或者窗台上啊。
水晶：不行，我的光碟很髒的，放在床上會弄髒床的，窗台上全部是花啊。
寶玉：那你把花移開啊。

水晶：把花移到哪裡去啊？
寶玉：移到……（到底是誰的家呀？）
水晶：快快快快快快說啊！
寶玉：這樣吧，請你點你光碟機的彈出鍵。
水晶：我點了。
寶玉：你是不是看到你的光碟機彈出來了？
水晶：是啊，然後呢？
寶玉：然後你可以把你的果汁放在上面了。

## 五月十五日

我今天出去散步了，這幾天上網上得我實在是鬱悶之極。看來虛擬的網路畢竟不是現實，根本不能作爲一個人的精神寄託，我愈發感覺到孤獨，不由我詩性大發，高聲頌道：「昨天把網上，今日出門來，明日找小白，但牠卻不在。」看來古人說得不錯，愁腸能出絕句啊。我在這種憂鬱傷感的情緒下，果然寫出了這樣千

# 黛玉不上網　網上無美女

古流芳的絕妙好詩。哎，也算是有得有失了。心中想著心事，已走出一段距離，在外面感受這大自然的風光，感覺很不一樣啊。這時候突然遇到一個孕婦躺在路旁，人事不省，我連忙把她扶起來去找郎中。郎中見到她人事不省，就掐了掐她的人中，結果根本沒有反應。然後他又用針紮她疼痛的穴位，還是沒有反應。這位郎中一看，發給我一個手帕，說是他要用絕招了，讓我把鼻子捂好。我連忙按他說的辦了。只見他把鞋一脫……

我一直在嘔吐，根本沒辦法停止。

而孕婦，一下子就醒過來了，但是好像有中毒的跡象。

## 五月十六日

昨天被那孕婦一折騰，害得我一天都沒上網。其實我最近一直懷疑有人用我的電腦上網，因爲總是有一些瀏覽過色情網站的記錄。透過我的分析，我估計上網的應該是我老爸——賈政。

於是我裝了一個軟體，記錄了用我電腦上網的人的瀏覽資訊以及聊天記錄等

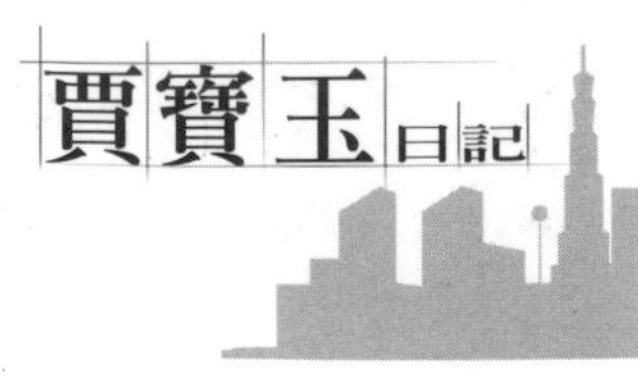


等。我晚上打開一看，天哪，簡直是變態之極，讓我歎爲觀止……我都不知道怎麼形容了，哎，有此一父，我禁不住要喊：老爸萬歲。

現在我要把這些聊天記錄記在我的日記裡，一是留做紀念；二是用心瞻仰；三是以防電腦中毒丟失而無法留給後人們學習。

以下記錄中的哥哥是我老爸，而妹妹就是他泡的妹妹了。

**記錄一：**

哥哥：好久不見啊。

妹妹：你是誰啊？

哥哥：我呀，難道你忘記了嗎？

妹妹：你到底是誰啊？

哥哥：天啊，你竟然忘記我了。

妹妹：你到底是誰，不說的話就別說了，煩死了。

哥哥：別生氣啊，我就是上週和你開房的那個啊。

妹妹：哦，你是XXX？

哥哥：啊？不是啊。

妹妹：哦，那你是XX吧。

哥哥：也不是啊。

妹妹：哦，那一定是XXX了吧。

哥哥：不會吧，你一週和這麼多人開房啊！

妹妹：你到底是誰，難道你是XXX，應該不會吧。

哥哥：……

妹妹：你到底是誰？

哥哥：其實我們不認識，你既然和這麼多人開房，不如我們也去吧。

妹妹：你到底是誰？

哥哥：不要囉嗦了，趕快去開房，到時候你就知道了。

妹妹：你說你是誰，要不然我不會去的，我從來不和不認識的人開房。

哥哥：哦，那先出去喝個茶，不就認識了。

妹妹：哦好啊，你說地方。

**記錄二：**

哥哥：走吧。

妹妹：幹什麼啊？

哥哥：去開房啊。

妹妹：不去。

哥哥：爲什麼？

妹妹：不想。

哥哥：那什麼時候想啊？

妹妹：不知道啊。

哥哥：哦，那我等你。

妹妹：你誰啊？

哥哥：我是誰很重要嗎？

妹妹：哦。

哥哥：真的不去？

妹妹：幹什麼？

哥哥：開房啊。

妹妹：爲什麼要去？

哥哥：因爲我想啊。

妹妹：你想我就要去啊？你給我個理由先。

哥哥：因爲我很棒啊。

妹妹：何以見得？

哥哥：你試試就知道了啊。

妹妹：哦，這樣啊，那也行，去試試再說，

哥哥：你早說嗎，害我浪費這麼多口舌。

**記錄三：**

哥哥：妹妹，聊天不？

妹妹：不聊。

哥哥：那好吧，告訴我你的電話，其他的事情我來安排。

妹妹：什麼事情？你安排什麼事情？

哥哥：約會、喝茶、聊天、看戲、喝酒、開房……

妹妹：哦，我只喜歡帥哥。

哥哥：我就很帥啊。

妹妹：你有多帥？

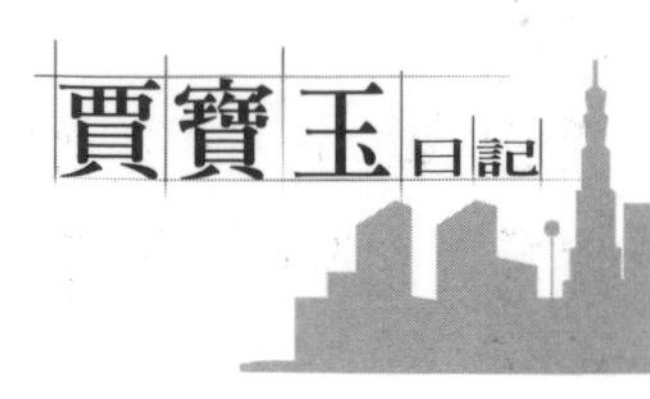


哥哥：很多人說我長得像趙本山（東北知名諧星）。
妹妹：啊？
哥哥：哦，開個玩笑，其實大家是說我長得像周潤發。
妹妹：哦，真的嗎，那你去安排吧。
哥哥：好的，不知道你長得像誰？
妹妹：很多人說我長得像鄭海霞。
哥哥：真的嗎？
妹妹：我自己倒是不覺得。
哥哥：哦，那你自己覺得你像誰？
妹妹：沈殿霞。
哥哥：啊，拜拜。

**記錄四：**

哥哥：長夜漫漫，無心睡眠，不知姑娘是否也睡不著呢？
妹妹：是啊，公子意欲如何？
哥哥：不如我們把酒言歡，對酒當歌，豈不是人生幸事？

# 黛玉不上網　網上無美女

妹妹：哦，看來公子鬱鬱寡歡，心事凝重啊。

哥哥：哦，這都看出來了，看來姑娘也是性情中人。

妹妹：哎，被你看穿了，公子有話直說，只要小女子能做的，一定盡力爲之。

哥哥：事情是這樣的，我愛上一個女子。

妹妹：哦，此乃幸事啊，公子何故傷感？

哥哥：可是這個女子已經有了意中人。

妹妹：那確實令人傷感，正所謂落花有意隨流水，流水無意宿落花，好慘啊。

哥哥：其實如果僅是這樣，我也不過僅僅受點相思之苦，可如今……

妹妹：如今怎麼？

哥哥：竟然那個女子的意中人又愛上了我。

妹妹：啊，不會這樣離奇吧？怎會這樣？

哥哥：事情若僅僅如此，也算罷了。

妹妹：啊，還有何等事情比這樣更讓人傷感？

哥哥：那個男子除了我還有其他的意中人啊。

妹妹：啊，太複雜了。

哥哥：這還不是更複雜的。

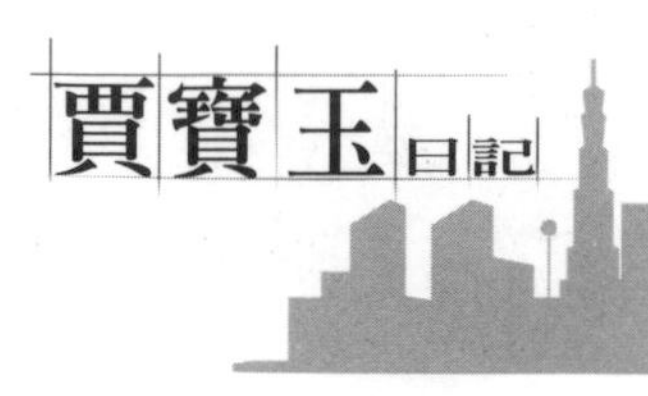


妹妹：還有什麼……

哥哥：她意中人的另一個意中人也愛上我了。

妹妹：～～～暈～～～～～

哥哥：但是最讓我意外的是……

妹妹：啊啊啊啊，公子你還有什麼可意外的啊？

哥哥：就是我我我我已經……

妹妹：什麼？

哥哥：愛上了你！

妹妹：啊，不可能吧。

哥哥：真的，做我的男朋友吧，好嗎？

妹妹：啊？？？我是女的啊。

哥哥：啊，我還以爲你是男的呢，真可惜。

## 五月十七日

# 黛玉不上網 網上無美女

通過幾天對老爸聊天記錄的揣摩與學習，頓感醒悟了許多人生的道理。最重要的一點就是明白了要珍惜自己已經擁有的，而不是去強求那些自己尚不擁有的東西。這種情緒下，我往往首先想到的永遠是黛玉妹妹，於是終於打開了我關了好幾天的手機，給她撥了一個電話。

「喂，林妹妹。」

「哇，你這個沒良心的，想死奴家了，這幾日你到哪裡去了？討厭、討厭、討厭死了。」

「我沒去哪，只是睡了幾天而已。」

「哦，那就好，那我過來找你吧，我最近正在研究一些古書，拿來你也看看吧。」

過了一會兒，她就來了，啊，她愈來愈漂亮了。

我接過她拿給我的書一看。

原來是《玉蒲團》。

我連忙問她：「這等好書從那裡弄來的？」

她嬌羞地說：「從你老爸的臥室裡摸來的。」

## 紅樓夢原文賞析

賈政與諸人到亭內坐了，問：「諸公以何題此？」諸人都道：「當日歐陽公醉翁亭記有云：『有亭翼然』，就名『翼然』罷。」賈政笑道：「『翼然』雖佳，但此亭壓水而成，還須偏於水題為解。依我拙裁，歐陽公句，『瀉於兩峰之間』，竟用他這一個『瀉』字。」有一客道：「是極。竟是『瀉玉』二字妙。」

賈政拈鬚尋思，因叫寶玉也擬一個來。寶玉回道：「老爺方才所說已是；但是如今追究了去，似乎當日歐陽公於釀泉用一瀉字則妥，今日此泉也用瀉字，似乎不妥。況此處既為省親別墅，亦當依應制之體，用此等字，亦似粗陋小雅。求再擬蘊籍含蓄者。」賈政笑道：「諸公聽此論若何？方才眾人編新，你又說不如述古；如今我們述古，你又說粗陋不妥。你且說你的。」寶玉道：「用『瀉玉』二字，則不若『沁芳』二字，豈不新雅？」

# 第五章 大觀園祕聞

現在我和寶釵以及黛玉的關係日趨明朗了，導致的直接結果就是她們兩個好像愈來愈對立，至於襲人和晴雯還好說，畢竟是丫鬟嘛。這把我搞得鬱悶之極，看來女人多了也是一件很鬱悶的事情啊！這樣我做了一個很重要的決定，這個驚天地、泣鬼神的決定就是──在她們中間做出一個抉擇。

## 五月二十一日

這幾天沒有什麼上網的心情，想著放鬆一下。閒著沒什麼事情，就帶著林妹妹在大觀園裡遊山玩水。

今天玩得正開心呢，沒想到我老爸竟然帶著監理梅超風和專案經理陳玄風以及一些他的狐朋狗友喝五喝六地走了過來，我一下子躲閃不及，只好站在路旁。老爸看到我站在一邊，高興地叫我和他們一起轉轉，推脫不掉，只好和他們一同前往。透迤進入山口，抬頭忽見山上有鏡面白石一塊，正是迎面留題處。老爸看到回頭笑道：「諸公請看，此處題以何名方妙？」

原來他是來題字的啊，這下慘了，看來我今天又要附庸風雅了，其實我的才華前無古人，後無來者，只不過這些憨人根本不懂什麼叫實驗藝術，什麼叫探索精神，就知道循規蹈矩，墨守成規，無聊透了。看來我今天不把我的才華展示一下，還讓他們小瞧了我。還有一件事情，我早就想說了，我老爸可能還不知道，梅超風和陳玄風是兩口子，這兩個人串通一氣，一定搞了不少明堂。

眾人聽我老爸說完，馬上接口，有的說題「疊翠」二字不錯，也有的說「錦嶂」的，有的說「賽香爐」的，又有說「小終南」的，種種名色，不止幾十個。老爸一聽，果然回頭讓我來一個。我思考片刻，見到此處景色優美，層巒疊嶂，迎面一排小山，恰到好處。便言道：「嘗聞古人有云：編新不如述舊，刻古終勝雕今。況此處並非主山正景，原無可題之處，不過是探景一進步耳。不如就題個『黃金搭檔』倒還大方氣派，還是個四字成語。」眾人聽了，都贊道：「是極！二世兄天分高，才情遠，不似我們讀腐了書的。」老爸笑道：「不可謬獎。他年小，不過以一知充十用，取笑罷了。再俟選擬。」

然後我們一行數人繼續往前走，進入石洞來。只見佳木蘢蔥，百花爭豔，一道白練，從花木深處曲折瀉於石隙之下。再進數步，往前望去，只覺豁然開朗，兩邊飛樓插空。俯而視之，則清溪瀉雪，石磴穿雲，白石爲欄，環抱池沿，石橋三港，獸面銜吐。橋上有亭。我老爸與諸人上了亭子，倚欄坐了，因問：「諸公以何題此？」諸人都道：「當日歐陽公《醉翁亭記》云：有亭翼然，就名翼然。」老爸聽完笑道：「翼然雖佳，但此亭壓水而成，還須偏於水題方稱。依我拙裁，歐陽公之瀉出於兩峰之間，竟用他這一個『瀉』字。」有一客道：「是極，是極。竟是『瀉玉』二字妙。」老爸點了一根煙，做沈思狀，因抬頭見我侍側，便笑命我也擬一個來。我聽完自然不敢怠慢，連忙回道：「老爸你方才所議極是。但是如今追究了去，似乎當日歐陽公題釀泉用一『瀉』字，則妥，今日此泉若亦用『瀉』字，則覺不妥。這個『瀉』字有腹瀉、有拉肚子的感覺，有點粗陋不雅，求再擬較此蘊籍含蓄者。」

老爸一聽笑道：「諸公聽此論若何?方才眾人編新，你又說不如述古，如今我們述古，你又說粗陋不妥。你且說你的來我聽。」

寶玉道：「有用瀉玉二字，讓人覺得與『泄欲』二字諧音，自然是讓人覺得淫穢不堪啊，要讓我說還不如叫『濱河路』，豈不新雅?」大家一聽不明白濱河路是何解，便問之。我聽完不由暗自嘲笑他們的孤陋寡聞，說道：有個著名的戲子叫張寶和，他說過一句千古名言，成爲大家競相背誦的經典，就是談情說愛你到濱河路……眾人一聽都忙迎合，讚我才情不凡。出亭過池，一山一石，一花一木，莫不著意觀覽。

忽抬頭看見前面一帶粉垣，裡面數楹修舍，有千百竿翠竹遮映。眾人都道：「好個所在!」於是大家進入，只見入門便是曲折遊廊，階下石子漫成甬路。上面小小兩三間房舍，一明兩暗，裡面都是合著地步打就的床几椅案。從裡間房內又得一小門，出去則是後院，有大株梨花和芭蕉。又有兩間小小退步，後院牆下忽開一

隙，得泉一派，開溝僅尺許，灌入牆內，繞階緣屋至前院，盤旋竹下而出。

老爸看到這些美景笑道：「這一處還罷了，若能月夜坐此葡萄藤下行雲雨之事，真乃人生之幸事啊。也不枉虛生一世。哈哈。」說畢，看著我，唬得我忙垂了頭。心想：難道老爸也看了《金瓶梅》，要不然他怎麼知道這一段啊。

眾客忙用話開釋，又說道：「此處的匾該題四個字。」老爸問道：「那四字？」一個道是「淇水遺風」。賈政道：「俗。」又一個是「睢園雅跡」。賈政道：「也俗。」我哥賈珍笑道：「還是寶兄弟擬一個來。」

嘖，看來我哥想看我的笑話。老爸又道：「他未曾作，先要議論人家的好歹，可見就是個輕薄人。」眾客道：「議論的極是，其奈他何。」老爸忙道：「休如此縱了他。」於是對我說道：「今日任你狂妄亂道，先設議論來，然後方許你作。方才眾人說的，可有使得的？」

我一見老爸也問了，便不好退卻，只好答道：「都似不妥。」老爸又問道：「怎麼不妥？」我只好說：「這是第一處行幸之處，必須頌聖方可。若用四字的匾，又有古人現成的，何必再作。」老爸一聽好像有點發怒了，說道：「難道『淇水』『睢園』不是古人的？」我一看不說實話是不行了，誰讓我如此有才華呢，道：「這太板腐了。莫若『反清復明』四字。」眾人都哄然叫妙。老爸一聽非常高興，說好一個反清復明。

哈哈，我太強了！

## 五月二十三日

今天是賈府的一個大日子，因爲今天我那元春大姐下了旨意，讓我和林妹妹、寶釵妹妹以及其他的姐妹搬進大觀園。這等喬遷大喜又難免要操辦一番了。這次我老爸再不敢亂講話了，只好交給我奶奶主持。

只見我奶奶顫顫巍巍地走上主席台，點頭向大家致意，大家馬上響起了掌聲。只見我奶奶張嘴張了半天還是什麼也沒說，我只好走到她跟前。她的聲音細如蘭州牛肉麵的毛細。我把耳朵都快貼到她嘴上了才聽見：孫子，快幫我找一下我的假牙，可能被你踩在腳底下了。

我找了半天終於幫她找到了，她這才興高采烈地開始說了。

「同志們好。」

大家連忙說：「奶——奶——好。」

我奶奶一聽高興地說：「同志們辛苦了。」
大家又連忙說：「爲——人民——服務。」
這時候我奶奶突然挺起胸脯高聲說：「大家喜歡我的身材嗎？」
眾人暈倒。

## 五月二十四日

住在大觀園特別的無聊，只好叫來襲人和晴雯陪我聊天。
我禁不住說道：「住在這裡真是空虛寂寞，天天背什麼四書五經，煩都快煩死了。而且那個東西每個月都按時來，弄得人更加心煩意亂。」
沒想到我一說完，兩位妹妹馬上面色大變，即而大笑起來。
我也不知道她們爲什麼臉色大變還大笑起來。
她們問我什麼東西每個月都按時來啊。
我沒好氣地回答：「就是那個討厭的電信公司的電話帳單啊，每個月都按時寄來，鬱悶啊。」

## 五月二十五日

今天我收拾房子，竟然看到了我奶奶寄給我的地球儀，頓時心中傷感。心想，這個地球儀寄託著奶奶對我的愛和期望。我一定不能辜負她，我要把它好好的珍藏，作爲我永遠上進的動力，首先就是要把它推薦給我的四個妹妹。

於是我就叫了她們過來，沒想到我奶奶也來了。

她看到我把這個地球儀保管得這麼好，感動極了。

我問她們：「你們誰知道這個地球儀爲什麼要傾斜二十三點五度。」

只見黛玉妹妹驚恐地說：「寶玉，你別生氣，不是我弄的。」

接著寶釵又說：「你別看我啊，我剛進來，更不可能是我弄的啊。」

我奶奶一見這情況連忙說：「孫子，這倒是你錯怪她們兩個了，這個地球儀買來就是這個樣子的。」

我正準備找繩子自殺。

襲人連忙拉住我說：「寶玉，你別怪她們了，是我去買的，都怪我，我不應該

挑這便宜的。」

晴雯一聽連忙幫腔：「算了算了，你們別爭了，我去換個不傾斜的就是了。」

## 五月二十八日

因為一個地球儀，把我氣病了三天。

今天終於有所好轉了，於是我一大早就起來鍛練身體。

我繞著賈府跑了兩圈，還吃了一大碗麵。

然後看了三集《蠟筆小新》。

## 五月三十日

今天大家都很不開心，因為賈府死人了。

你們猜死的是誰？

什麼?猜不到?

使勁猜。

什麼?使勁猜也猜不到。

用力猜。

啊……不要扔磚頭,我說我說……死的是曾經和我有過一段夢境的可卿姐姐。我非常的傷心。不過說實話,我覺得她死得太不值得了,

事情是這樣的:天氣很熱、非常熱、十分熱、太熱了……(老大,怎麼連瓶子都扔上來了,我馬上說。)

由於天氣很熱,可卿就和幾個姐妹去游泳,說起這個游泳其實說來話長,我以前也很喜歡游泳,但是我不怎麼會游泳,我最擅長的還是狗爬式,說起狗爬式又說來話長……(嘿嘿,我這會兒帶了頭盔,你們就隨便扔瓶子吧,沒辦法,我這個人就是這樣,一傷心就喜歡囉嗦,這可能是我最大的優點吧,大家不要太羨慕了。)總之她們去游泳了,她們游了很久很久,因為她們買的是套票,不限時間,所以她們游的時間愈長就愈佔便宜……

好了,還是說可卿姐姐死的事情吧,其實這個事情和她們游泳沒有關係。她的死其實是一個意外。

## 六月一日

看到小孩子們鬧啊笑啊，我們都很感慨，感慨我們的童年一去不返了。不知道怎麼說著說著就說到我們童年的夢想上了。

黛玉說：「我小時候的夢想就是變成一個明星，要特別紅特別紅的那種，比如璩美鳳那樣啊。」

寶釵想了想說：「我的夢想其實特別簡單，就是能永遠年輕，然後每天讓我不勞而獲一百萬，嘿嘿。」

襲人說：「我希望我能有李嘉欣的長相、舒淇的身材、楊思敏的胸部和朱茵的臀部。」

晴雯聽完把眼睛瞪得巨大說道：「天啊，這是你們現在的願望還是你們小時候的願望啊？」

我早就受不了這幾個妹妹的願望了，所以對晴雯的說法大加讚賞。我連忙問：不知道晴雯妹妹有什麼願望啊？

只見她不急不徐地說道：「哎，我注定是丫鬟命，能有什麼願望啊，我最大的心願就是全世界的男人都喜歡我一個……」

……

## 六月二日

今天和四個妹妹一起去逛廟會。好熱鬧啊，真是人山人海啊！

又被大家圍了個水泄不通，真不知道他們圍著我們做什麼，我正想發問，就聽見一個聲音說：快看啊，美女與野獸啊。

我上去一頓狂扁。

## 六月三日

現在我和寶釵以及黛玉的關係日趨明朗了，導致的直接結果就是她們兩個好像

愈來愈對立，至於襲人和晴雯還好說，畢竟是丫鬟嘛。這把我搞得鬱悶之極，看來女人多了也是一件很鬱悶的事情啊！這樣我做了一個很重要的決定，這個決定的重要性絕對不亞於紅軍決定長征、希臘足球隊用雷哈格爾做主教練。這個驚天地、泣鬼神的決定就是在她們中間做出一個抉擇。

於是我叫了她們兩個到後花園，我想從幾個方面來衡量取捨：一、勇氣；二、智慧；三、善良；四、勤勞。

我問她們的第一個問題是：如果在公車上有人摸你，你會怎麼辦？

黛玉想了想說：「忍著吧，要不然怎麼辦？」

我一聽失望極了，滿懷期望地看著寶釵。

她說：「當然是大叫了，要有勇氣，這種事情怎麼能忍得住呢。」

我聽了高興極了，看來還是寶釵更有勇氣一點。那你會怎麼喊呢？我問她，因為我覺得僅僅有勇氣還是不夠的，智慧在這種時候也會起到非常重要的作用。

寶釵說：「當然是好爽哦。」

我當即就吐了一口血。

還是來看智慧吧。

我問她們孔子和孟子有什麼不同。

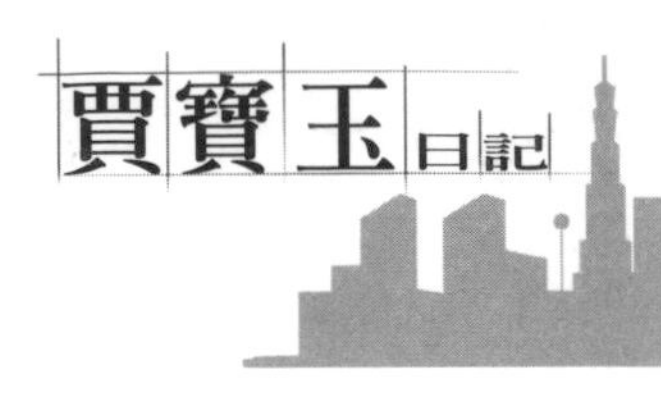


這會兒寶釵先說道：「孔子應該比孟子大吧，孔子是不是孟子的哥哥？」

黛玉說：「不對，孟子大，孟子是孔子的哥哥。」

我真受不了她們了，其實答案很簡單，孔子的子在孔的旁邊，孟子的子在孟的上邊，這麼簡單……

我又問她們：「如果一個瞎子摔倒在地上，你們會怎麼辦？」

她們竟然異口同聲的說摸光他的錢。

兩個禽獸。

算了，還看什麼勤勞啊！

爲什麼我的命這麼苦啊，人生真是慘、慘、慘啊！

## 六月七日

今天天氣好晴朗。

但是我的心情卻不太好，因爲今天特別無聊，無事發生。

但是我又不甘心這樣，於是我做了一件大事。

我捉到了一隻蟑螂。哈哈哈哈。

## 六月九日

今天實在沒什麼可寫的。

沒有風，沒有雨，沒有雪，沒有花，沒有草，沒有姑娘，沒有警察，沒有槍，沒有路，沒有希望，沒有市場，沒有理想，沒有搖滾，沒有奶娘，沒有花香，沒有樹高，我是一隻無人知曉的小鳥。

## 六月十日

已經無聊了好幾天了，今天約好聚一聚。

大家一起聊天，不知道怎麼說著說著就說到命運這個話題。我問她們什麼是幸福呢?她們一聽這個話題，都變得傷感起來，我也變得莫名憂傷，最後我們什麼也

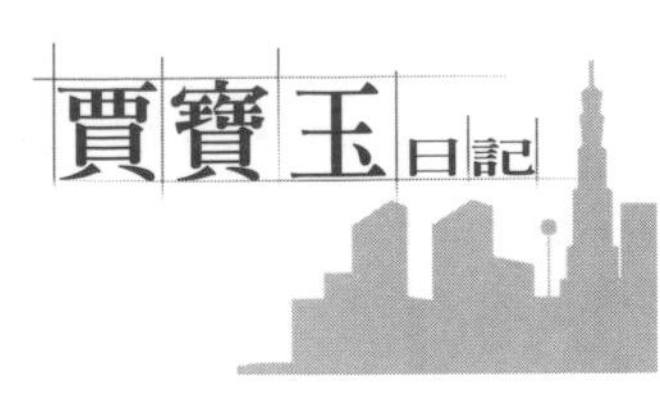


說不出來。在萬般無聊之下，我只好請她們去吃涼皮。

在大觀園有四家賣涼皮的，一個是老孫家，一個是老劉家，一個是老張家，還有一個是老趙家。老孫家是我們經常吃的一家，主要是因爲老孫家的辣椒非常好。要說這個辣椒，還要從產地說起，辣椒原來產自巴西，巴西大家可能並不熟悉，巴西是河南邊上的一個小鎮。

說起這個小鎮，還有一段曲折離奇的故事，感人肺腑，催人淚下。曾經有一個名叫無名的劍客曾在這裡練劍，他的劍術已經非常高明了，但是他仍然覺得缺少點什麼，後來他終於明白了，他缺少的是霸氣。

後來又有一個劍客來到了這個小鎮，他的名字叫殘劍，他到這裡只是來找一個女人，而這個女人也是個絕世的武林高手，她就是飛雪。但是飛雪爲什麼要不辭萬里，來到這樣一個不起眼的小鎮呢？原來她聽說這裡有一種名叫「辣妹子」的辣椒，是人間極品，曠世絕辣。

就是爲了這種辣椒，飛雪拋下殘劍，孤身前來，而殘劍豈會不了解飛雪呢？於是他便萬里尋妻，沿途刊登尋人啓事，還一併刊登尋找這種辣椒的啓事。後來有目擊者告訴他在這個小鎮見過這種辣椒，他馬上給了目擊者五十萬。話說殘劍來到小鎮，已經是日過西山，他就想去蒸個桑拿。結果沒想到竟然在洗浴城遇到了他的至

愛——飛雪。兩人頓時淚如泉湧，百感交集。

原來飛雪來到小鎮，已經用完了身上的銀兩，只好在這裡打工，但是她爲了她心愛的殘雪，守身如玉，得到了眾姐妹的一致欽佩。當然這其中吃了多少苦，受了多少委屈，我們可想而知，這裡就不多說了。想了解詳情的朋友請看我的另一部巨著——《打工妹洗浴中心歷險記》。

在她打工的這些日子裡，她一邊上班，一邊尋訪那種辣椒。結果竟然被她找到了。她碾磨了一些準備帶回她突尼斯的新家。此行真是歷經千辛萬苦，但終究不負有心人，總算功德圓滿了，

就在他們準備離開的時候，飛雪突然告訴殘劍，她要去感謝一個人。殘劍問是誰，她說他就是——無名。殘劍問是何人如此重要，連名字都不能告訴我，難道是你有了新的男人？你竟然給我戴綠帽子，這讓我不由想起一副對聯。飛雪一聽，問上聯是什麼。殘劍回答上聯是要想生活過得去，下聯是就得身上背點綠，橫批是忍者神龜。飛雪聽完非常傷感，說道不是，只是這個人每次來洗桑拿都找她，每次都多給小費，但是從來不動手動腳，他的名字就叫無名。

殘劍聽完方才釋懷，便一同前往。等他們找到無名的時候，無名正在吃火鍋。但是奇怪的是他卻在不停地搖頭。兩人不明究竟，便問之。無名說道：「早就聽說

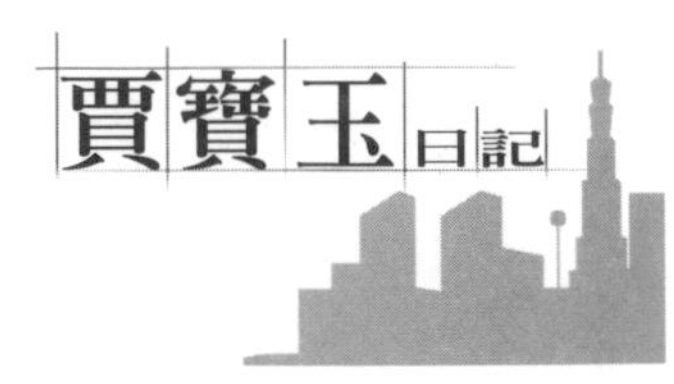


這裡有一種絕世的辣椒，但是我來這裡二十餘載，竟然無法覓得，這火鍋總是沒有味道。」兩人一聽，馬上喜極而泣，說道：「先生要的東西我們正好有，真是踏破鐵鞋無覓處，得來全不費工夫。」三人也不多說，馬上將辣椒粉加入火鍋，頓時滿鍋飄香。這時飛雪說道：「我和殘劍來自四川，方才如此好這口，沒想到先生也好這口。」「哇呀，」只見無名大叫一聲，「我也是來自四川。」三人一聽馬上抱成一團，痛哭起來，這裡面有情人的愛，有老鄉的情，有兄弟的義，有收穫的喜悅，有團結的感動，真是人間悲喜，莫過於此，讓我們這些聽眾肝腸寸斷，欲罷不能。

## 六月十五日

黛玉在賈府是公認的美女，關於她的美一直有很多傳說。

聽說她剛出生，女護士們全部都大哭起來，並且紛紛自殺。長大一點有一次去剪頭髮，男理髮師用了一百四十六包衛生紙，一直在擦鼻血。等到了賈府，原來的美女，其中就有我另一個姐姐迎春，一見到她，馬上發誓再也不照鏡子了，並且立刻去韓國整容了。整了一年回來後只看了她一眼，又去了韓國。在私塾裡和我們

一起讀書的時候，教書先生只看了她一眼就暈倒了，並且再也沒有醒過來，變成了植物人。不過幸好我們給他算了工傷，所以賈府負擔了他的醫藥費，這樣他還能活著，他每天只說一句話：「美死了啊！」

從此她每次出去都得蒙上面紗，有一次她不小心露出了臉，被人偷拍傳到了網上，就導致了百分之六十六的家庭出現危機，剩下的有百分之三十多是因爲上不了網，有百分之二的是因爲男人是同性戀，最後的男人是盲人。

## 六月十六日

其實一直有人在問我和這麼漂亮的女孩在一起，會不會有壓力。這個問題問得很好，其實壓力這個東西在某種程度上說也是動力，我爲了給自己勇氣，我一個人去了海邊，我站在一望無際的大海邊，覺得心曠神怡，通體舒泰。我高聲喊：「努力、奮鬥……」

## 紅樓夢原文賞析

寶玉笑道：「待我放下書，幫你來收拾。」黛玉道：「什麼書?」寶玉見問，慌的藏了，便說道：「不過是《中庸》、《大學》。」黛玉道：「你又在我跟前弄鬼。趁早兒給我瞧瞧，好多著呢。」寶玉道：「妹妹，若論你，我是不怕的，你看了，好歹別告訴人。真是好文章！你要看了，連飯也不想吃呢！」一面說，一面遞過去。

林黛玉接書來瞧，從頭看去，愈看愈愛，不頓飯時，已看了好幾齣了，但覺詞句警人，餘香滿口；一面看了，只管出神，心內還默默記誦。寶玉笑道：「妹妹，你說好不好?」林黛玉笑著點頭兒。寶玉笑道：「我就是個『多愁多病』的身，你就是那『傾國傾城』的貌。」

黛玉聽了，不覺帶腮連耳的通紅了，登時直豎起兩道似蹙非蹙的眉，瞪了一雙似睜非睜的眼，桃腮帶怒，薄面含嗔，指著寶玉道：「你這該死的胡說！好好兒的把這淫詞豔曲弄了來，說這些混話欺負我！我告訴舅舅舅母去。」說到「欺負」二字，就把眼圈兒紅了，轉身就走。

寶玉急了，忙上前攔住道：「好妹妹，千萬饒我這一遭兒罷。」

# 第六章
# 大觀園之原味的夏天

為什麼我還是一塊石頭的時候，充滿著簡單的快樂，但是做了人，反而空虛、寂寞、庸俗、落寞。

我有四個紅粉知己，又不缺銀子，但是為什麼還是覺得不充實呢。難道人間就沒有真正的快樂，沒有真正的幸福嗎？

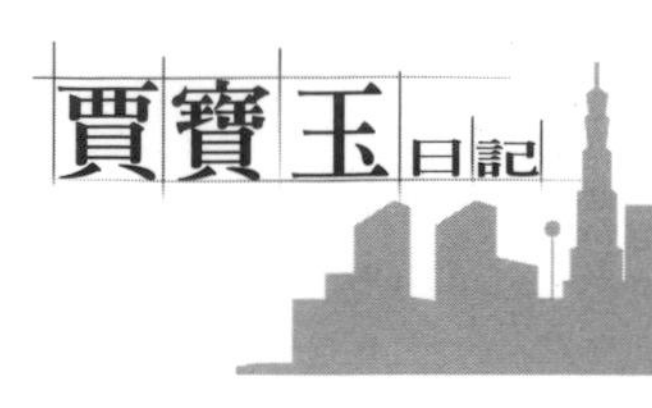


## 六月二十一日

今天天氣非常燥熱，我光著膀子坐在院子裡吃西瓜，心中感到一陣陣的空虛。遠處有一些鳥飛來飛去，不知道爲什麼，在人間活了這十幾年，我竟然有點厭倦了，我甚至有點懷念我的石頭時代。

有時候，人就是這樣，當他渴望到達一個地方的時候，他總是想盡辦法去實現自己的目的，而當他真正達到的時候，他卻發現，原來自己真正喜歡的是原來的地方。

我還有點想念我的兩位兄長，也不知道他們在天庭過得怎麼樣？我現在可以很容易就還他們的錢，但是卻已經無法找到他們了。可能人都是這樣，等到失去一些東西的時候才會感覺到這些東西的珍貴。

這時候我見到一個老者正在和老伴輕輕的從我面前走過，真是讓人感動啊，最美不過夕陽紅，這種廝守一生的愛情不正是我們所嚮往的嗎？我正想著，突然見到老者罵道：可惡，誰扔的西瓜皮！

# 大觀園之原味的夏天

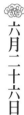

## 六月二十六日

有一陣子沒見到林妹妹了，聽說她一直在閉關減肥。今天應該是出關的日子了，我簡直是充滿期待啊！她已經美輪美奐了，還在精益求精，苛求完美。她真是一個女人中的女人，極品中的極品——姬無雙。

其實我一直也納悶，爲什麼林妹妹閉關的這段時間，也沒有看到寶釵呢。今天才知道原來她害怕林妹妹減肥後把她的風采全搶了，於是她到韓國整容去了。

## 六月二十七日

天氣愈來愈熱了，我決定裝個空調，於是我就去不漏電家電超市去買「熱死你」牌的空調。只見那個推銷小姐長得非常漂亮，於是我就和她火熱地聊了起來，竟然把買空調的事情全然忘記了。我們聊了很多，其中有：一、厄瓜多爾五座監獄

發生暴動，上百男女犯人要求減刑；二、沙龍與布萊爾通電話，其分離計畫獲得布萊爾支持；三、美作家稱「火神派」統治白宮，操縱美國外交政策；四、小泉：恐怖分子製造混亂，自衛隊不會撤出伊拉克；五、美國向私人開放航太飛行，低價太空遊可實現；六、巴阿軍隊邊境集結，將再對「基地」和塔利班動手；七、盼老兵感情超越黨派忠誠，候選人克里大打老兵牌；八、安南就防止種族滅絕提五點倡議，建議向蘇丹派兵；九、美前總統甘乃迪怕妻子紅杏出牆，跪求傑奎琳；十、波蘭部隊打死薩德爾在聖城卡爾巴拉的高級助手；十一阿拉法特稱不懼以暗殺威脅，美表態不准傷害阿翁……

我們整整聊了三個小時四十二分三十八秒，但是還是覺得不夠盡興。

後來我們約好第二天老地方見。

## 六月二十八日

我一早就來了不漏電超市，原來那位妹妹早就來了，還換了一件超級性感的衣服。她使勁給我使眼色，我才發現原來他們經理竟然在，於是我就裝作是買空調的

# 大觀園之原味的夏天

走了過去。

「公子，您欲置空調否？」她柔聲問我。

我怎麼會不明白她的難處，但是還是禁不住被她的聲音把骨頭都弄酥了。連忙答話：「是也是也。」

「我喜歡三十六E的半罩杯的古今的。」

「哦，那公子喜歡什麼款的呢？」

「啊……」

這時候她們的經理好像聽到她的叫聲走了過來，問她出了什麼事。

她連忙說：「沒什麼，這位客人要買空調。」

我這下才清醒過來，連忙問：「不知道熱死你空調有什麼優點？」

只見她們經理彬彬有禮地說：「是這樣的，表面上看，我們熱死你空調是一個空調，但是事實上它是一個刮鬍刀，比如這樣……哎呀……」

「怎麼了？」我看到他們經理捂著臉。

「我不小心把青春痘刮破了，」他們經理捂著臉說道。

他們經理簡單的處理了一下傷口又繼續給我介紹。我看他血流如注，但是他仍然堅持給我講完，這種敬業的精神正是我們需要學習的啊，太感人了，這就是職業

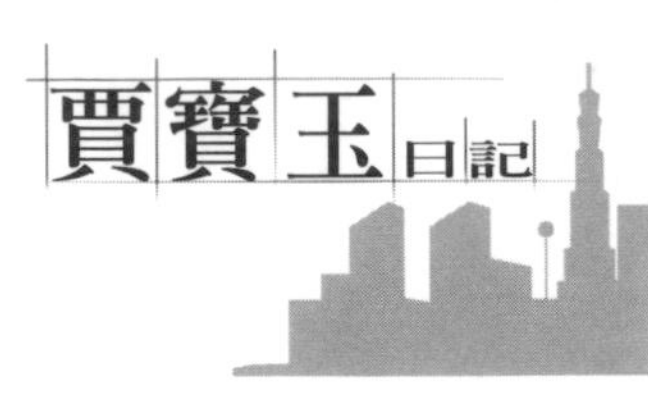


精神，這就是企業文化，這就是「熱死你」空調能夠在強手如林的空調行業中屹立不倒的精神所在。

他說：「當你認為它其實是一個刮鬍刀的時候，它事實上又變成了吹風機。比如這樣……」他吹的招手停的髮型還不錯，不過現在這種髮型已經落後了。

他繼續說：「當你已經被它快要弄糊塗的時候，它又會變成一個洗碗機。現在你明白了，它的優點就是功能多，使用範圍廣。」

哦，我聽了感覺非常心動，於是問他這個空調還有沒有別的什麼用途。

他一聽高興地說：「我就等你問這個呢，其實它的最大功能是它還是一個簡易的馬桶。不過我不能騙你，這個空調有一個小缺點。」

「啊？什麼缺點？」我好奇地問。

「就是它沒有空調的功能……」

## 六月三十日

空調沒有買到，但是天氣卻是愈來愈熱了。

# 大觀園之原味的夏天

我最近一直覺得我的視覺出了點問題，難道我的眼睛得了什麼怪病。這時候只見寶釵回來了，她大包小包的提了一大堆，一進門就開始大喊：「看一看，瞧一瞧啊，清倉大拍賣，老闆大出血了，老闆娘狂出跳樓價了……」

還沒聽她說完，只見所有的家丁啊丫鬟啊狂湧而上，一下子衝出來了幾千人。我還沒有反應過來，就被人踩到腳底下了……等到我爬起來，東西已經搶得差不多了，連寶釵身上的衣服都不能遮體了。我同情地看著她關切地問：「你回來了。」

「是啊，」她說完一下子就撲到我的懷裡，說：「我真的好想你啊，韓國一點也不好玩，因為沒有你在我身邊啊。」

「是啊，那一定很累了吧，靠在我身上休息吧。」

她感動極了，輕輕地靠著我身上，閉上了眼睛。我連忙在她的小包裡開始輕輕地翻，她根本感覺不到，嘿嘿，看來能偷摸一樣東西啦。

## 七月一日

今天的活動是洗「牛奶澡」。

因為家裡的牛奶太多，喝不完，只好號召大家去洗。尤其提倡女孩子去，據「賈家電台」報導，洗「牛奶澡」可以豐胸。

## 七月二日

今天傍晚我站在院子裡乘涼，看到不遠處有幾個家丁正在聊天，我也沒什麼事情做，就湊了過去。原來他們正在聊他們的老婆呢。

哎，看來無論什麼樣的男人，都有這一個永遠不厭倦的話題，那就是女人。這時候我們不得不佩服女媧的偉大，儘管她創造了我但又拋棄了我，但是她卻創造了平凡而快樂的人類。她創造了男女，男人和女人的職能在她創造的時候就已經分好了。世間的男女縱然有萬千形態，萬千生活，但還是逃不出這滾滾紅塵，他們在自己給自己的無形枷鎖中苦苦掙扎並自得其樂。真是世間本無事，庸人均自擾。

我還沈浸在自己的想像裡的時候。

一個家丁的話吸引了我。

他說：「我老婆最喜歡的書是《一個快樂的單身漢》，於是她就生了一個大胖

小子，你們說有趣不？」

另一個家丁聽了說：「真的啊？看來真有這回事啊，我老婆最喜歡看《一雙繡花鞋》，竟然就生了個雙胞胎。」

又一個家丁說：「還真巧了，你們不說我還沒發現，我老婆最喜歡的是《桃園三結義》，她還果真生了個三胞胎。」

這時候只見一個家丁馬上暈到了。

眾人一看嚇壞了，連忙掐他的人中，他慢慢醒了過來。大家問他發生什麼事情了。他說：「我老婆馬上要生了，可是她最喜歡的書是《水滸》。」「《水滸》怎麼了啊？」大家又問。「你們不知道啊，我前幾天上網看到原來有些國家把《水滸》又叫做《一百零五個男人和三個女人的故事》，」那個家丁絕望地說。

啊，我一聽趕忙回家，因爲林妹妹最喜歡的書是《十萬個爲什麼》。

## 七月五日

天氣實在太熱了，據說是因爲地球在慢慢的靠近太陽，所以全球性的氣溫升高。這還真是恐怖啊，到時候我們豈不是全部變成黑人了啊，那太恐怖了，我才不願意做黑人呢。

## 七月六日

這幾天不知道爲什麼，特別想行雲雨之事，於是我就跑去找寶釵。

寶釵正在洗澡，我只好在屋子裡等她。

沒想到竟然在她的桌子上發現了一本書，內容極其淫穢，看得我怒火中燒，哦，錯了，是慾火中燒。我一看書名，原來是《賈府寶貝》。

好不容易等她出來了，我一看，哇，只見她的浴衣薄如蟬翼，性感無比啊。我連忙高聲讚道：「好一朵出水芙蓉，好一個春光乍現。」

她一看我的眼神馬上明白了我的想法，雙腮發紅，嬌喘連連。

我對她說：「其實我今天來找你是有件事情……」

她不等我說完就說道：「奴家曉得。」

「哦，你曉得，那是最好的了，你願意嗎？」我問道。

# 大觀園之原味的夏天

「當然願意啊，奴家今天正好洗了澡，薰了香……」

「那我就不客氣了啊，」說完我就去翻她的包包。

她不明所以就問我：「你想做什麼啊？」

我說：「我想行雲雨之事啊。」

「那你幹嘛翻我的包包啊？」她不解的問。

天啊，我簡直不能忍受了，我想做什麼她都不知道，看來我只能明說了。

我說：「當然是找你借錢啊，我最近身上拮据，但是聽說醉香樓新來了個姐姐，很不錯，我去試試。」

## 七月七日

不知道為什麼，我這一陣子突然特別喜歡吃西瓜。今天又搞了一大半個西瓜，用個勺子坐在大門口吃，心情很不錯。

我一邊吃一邊唱著歌一邊看著眼前的景色。通過賈府人門口的大道新建成之後，成為了繼絲綢之路之後的又一條連接京城與番邦貿易交流的重要渠道，一些高官和皇親國戚都喜歡在這條路上兜風，所以我經常能坐在門口看到一些好車經過，比如黃蓉牌、趙敏牌、小昭牌等等，當然還有我最喜歡的語鄢牌。只見眼前的高速公路，真是車水馬龍，一輛接著一輛。但是最奇怪的是獨有一輛西夏公主牌的載重卡車後面有長長的一段空白。把我搞得詫異無比，等到車過我一看，只見卡車後面掛著一塊顯眼的大木牌，上面寫著：「本車曾遭一百三十七輛各類車輛追尾，成績爲：一三一勝，六平，未逢敗績，請後面車輛三思而後行！

## 七月十日

一本日記竟然就這樣寫完了，今天我換一本日記本。在用新的日記本之前，我認真地把我以前的日記完整地看一了遍，感到心潮澎湃，感慨萬千，激動的心情久久不能平息。很多人都說我充滿反叛，不受禮儀常規的約束，狂放不羈，是個極其囂張的人。但是事實上，我看了最能代表我內心世界的日記，我才發現原來我是個喜歡傷感的人，非常抑鬱，我的日記篇篇都是含著淚，帶著血，充滿著自閉和內向。我的日記真實地記錄著人世間的悲慘與空洞，揭示著人性的醜惡與虛僞。天

啊，這難道僅僅是我的日記嗎？這是一部不朽的巨著，是人間永恒的光環，是永不停止的奔馬，是奔騰不息的河流，是巧奪天工的精品，是舉世無雙的珍寶……

## 七月十三日

一大早就看到大門口蹲著一個長得非常漂亮的妹妹，但是穿著非常奇怪。這麼熱的天，她竟然穿著黑色的衣服，並且打著一把灰色的太陽傘。看起來，她很傷感，很憂鬱。我想她一定遭遇了什麼很大的不幸才會這樣，難道是失戀？還是喪親？

我記得孔老夫子曾說過：想幫助一個人，首先要了解他，要想了解他，首先要進入他，要想進入他，首先要模仿他，要想模仿他，首先要模仿他的穿著和姿態。

於是我連忙打扮得和她一模一樣然後坐在門口。

她看了我一眼，沒有說話。又過了一會兒，看來她忍不住了，開口問我：「請問，您也是蘑菇嗎？」

我把她送到精神病院去了。

## 七月十四日

中午剛吃過飯，精神病院的院長就給我打電話，說我昨天送的病人病好了。我連忙跑去看她。原來是醫院在測試病人的恢復情況呢，一個大鼻子的郎中在紙上畫了一輛小轎車，說道：誰要是能把它開走就可以回家了，不用來了。

所有的病人都在搶那張紙，只有她一個人不動聲色地坐在一邊，漠然地看著眾人搶奪那張紙。郎中一看覺得她是正常的，於是打電話讓我把她接走。這時候只見她神祕兮兮地走了過來，對著我的耳朵小聲說：「我才不那麼傻呢，和他們搶小車，我告訴你一個祕密，你可千萬別告訴別人啊，其實車鑰匙被院長拿走了。」

## 七月十七日

陪那個神經病妹妹晃了兩天，疲憊不堪啊，還真有點想念林妹妹她們了。

# 大觀園之原味的夏天

今天天氣很好，於是大家約好一起聊天。聊著聊著不知道怎麼就聊到以前經歷過最糗的事情是什麼。大家一致讓我先說，我只好隨便編一個騙騙她們了，我就說道：「有一次，我遇到一件特別糗的事情，就是我竟然踩到了便便。」

襲人一聽連忙說：「你這麼糗啊，雖然我沒有你這麼糗，但是也很糗。有一次我上街轉，竟然沒有帶錢，你們說是不是很糗啊？」

接著晴雯說道：「我最糗的事情是我把一個我根本不認識的人叫了爸爸，原因是他長得太像關之琳了，哎，那次真是糗大了。」

寶釵這時候不知道爲什麼哭了起來。我們連忙安慰她，問她怎麼了。她說她想起來她糗的事情了，那件事情太嚴重了，想一想都難過得要哭，更別說說出來了。她這樣一說反而勾引起了我們的極大興趣，我們連忙催促她快說快說。最後她拗不過我們只好說了。原來有一次她上街忘了穿襪子。

## 七月二十日

我這幾天一直在猶豫要不要把我的日記全部燒掉，因爲我發現我變了。我比

較了我還是石頭時候的日記和現在的日記，我發現我真的變了，變得陌生了，變得粗俗了，變得不像是我自己了。這樣碌碌度日的時候，確實太少自己一個人沈下來反省了。爲什麼我還是一塊石頭的時候，充滿著簡單的快樂，但是做了人，反而空虛、寂寞、庸俗、落寞。

我有四個紅粉知己，又不缺銀子，但是爲什麼還是覺得不充實呢？難道人間就沒有真正的快樂，沒有真正的幸福嗎？

這時候聽到有人喊我：「寶玉，快去醉香樓，又來了新的姐姐……」

看來今天的日記就到這兒吧……「等等我，我馬上來。」

## 七月二十二日

最近，不知道老爸的那根筋出了問題，竟然一反常態，逼著我學什麼四書五經、死讀八股、祭祀宗廟、送往迎來什麼的，把我搞得鬱悶透頂。他反而一個人把我的一整套《花花公子》全部拿回去欣賞了。幸好我還有僮兒焙茗體會我的心思，不斷地給我弄些好書來看。

# 大觀園之原味的夏天

今天我看了一本書，名字叫《大話東廂》，非常不錯，值得推薦。這本書講述的是一個大學生姓張名字無從知曉，於是簡稱張生。他通過網路認識了一個小姐名字叫崔鶯鶯，兩人通過虛擬的網路找到了真正的愛情，但是他們的相愛受到了重重阻力，最後通過另一位小姐紅娘的幫助，歷經坎坷，終於衝破虛擬的網路和現實中的種種束縛而結合的故事。這個故事非常的感人，也非常具有教育意義，最起碼這個故事證明瞭一個事實：虛擬的網路也有真實的愛情，門不當戶不對的愛情也有成功的可能，當然最重要的是證明瞭世上還是好人多，有媽的孩子像個寶，沒媽的孩子像根草……

## 七月二十三日

今天我要把《大話東廂》這本書推薦給林妹妹。她一定很喜歡的，因爲裡面有不少情色描寫。

說起這個情色，我是非常有感觸的，我還和林妹妹激烈地討論過這個問題。因爲一直以來，什麼是色情，什麼又是情色，是困擾著我們的一個難以解決的難題。

林妹妹認為色情就是色字在前，而情字在後，就是先有色而後有情。換句話說，就是先有性後有愛，這是下流的、不健康的、齷齪的。而情色是情字在前，而色是在後，就是先有情而後有色，先有愛後有性，這就是自然的、健康的、美好的。

我堅決反對這樣的意見，我認為，色情和情色的根本區別是個人的審美情趣問題，是個人觀念出發點的問題，更是所處角度與位置不用的問題。

舉個例子：一個男人看到一個性感非常的女人，這個女人穿著非常暴露，她自身就是情色，而這個男人看到這個女人產生的反應就是色情。

再舉個例子：一個人看到一副人體畫像，他竟然想入非非，別人問他這副畫怎麼樣，他說還不錯，那麼這個還不錯就是情色，而他的想法就是色情。

最後一個例子：首先強調一點，其實上面的例子都是我瞎編的，根本經不起推敲，所以我只是寫著玩，現在這個例子才是我真正想說的。

色情就是低俗，情色就是文明；色情要被警察抓，情色可以登堂入室；色情者是違法行為，情色者是行為藝術；色情的後果是滿足慾望，情色的結果是勾起慾望；色情就是看的碗裡的想著鍋裡的，情色就是吃著碗裡的想著碗裡的。

請您不要克制自己激動的心情，為我的精彩理論熱烈鼓掌吧！

## 七月二十四日

今天我和林妹妹一起學數學，其實我一直覺得數學非常棒，絕對是必須要學的。我覺得數學是根據某些假設，用邏輯的推理得到結論。

比如雞就是雞，鴨就是鴨，但是爲什麼只有雞生的蛋叫雞蛋，而鴨生的叫鴨蛋，雞生的爲什麼不叫鴨蛋呢？這就是邏輯。不能再說了，我覺得我講得太深奧了，爲什麼我這麼厲害，我一直在懷疑難道我做石頭的時候，祖沖之是否在我旁邊撒了一泡尿。扯遠了，還是說數學，我愛數學，因爲用非常簡單的方法，就能解決非常深奧的問題，再比如：一隻雞下了五個蛋，一隻鴨下了四個蛋，但是卻不是五個雞蛋和四個鴨蛋，而是出現了七個雞蛋和兩個鴨蛋，這是怎麼回事呢？這個問題其實是非常奇妙的，是人間最難解決的問題，但是通過數學就很容易被解決了。那是因爲那四個鴨蛋的爸爸是雞，所以她下的四個蛋都是混血蛋，有兩個表現了鴨的特徵，而另外兩個表現了雞的特徵。

由此可見，數學是一門堅固的科學，它得到的結論是很有效的。這樣的結論

自然對學問的各方面都很有應用，不過有一點很奇怪的，就是這種應用的範圍非常大。最初你用幾個數或畫幾個圖就得到的一些結論，而由此引起的發展卻常常令人難以想像。

在這個發展過程中，我認爲不僅在數學上最重要，而且在人類文化史上也非常突出的就是一位著名的數學家陶晶瑩小姐的數學巨著《姐姐妹妹站起來》，這本著名的數學史書中詳細記載了男人物種起源的數學元素，正所謂十個男人七個傻，八個呆，九個壞，還有一個人人愛。

這是世界數學史上最奇妙的數學難題，是一個千年之謎。我就曾經計算過，十個男人，七個傻，八個呆，九個壞，還有一個人人愛，那麼我們先假設這個人人愛的男人既不傻也不呆也不壞，那麼剩下的九個男人，你能計算的出有幾個是又傻又呆又壞的？有幾個是又呆有壞的？又有幾個只是壞的？

當你猛然聽過這個問題，你可能覺得非常容易回答，答案肯定分別是七個、兩個和一個。但是這樣你肯定是忽視了一個可能性，那就是有可能八個呆的裡面只有六個傻的，而剩下的那一個傻的正好又是壞的，這樣答案就完全變了，前面的三個問題的答案又變成了六個、一個和零個……這太棒了，我愛陶晶瑩，她是我的偶像。

好了，還是說我和林妹妹吧，我們正學著數學，她突然問我什麼是「宮刑」，我一聽馬上楞住了，不知道她爲什麼突然問我這個淫穢的問題，我還沒想好怎麼回答，她又補充道：「就是『騸刑』，但是我不知道割哪啊？」我想不會吧，裝什麼清純，都這麼大了還問這麼幼稚的問題，不過說實話，我還是第一次聽說「騸刑」這個稱呼，不過也講得通。我讓你跟我裝，裝就裝，誰怕誰啊，我心下想著，然後曖昧地看著她說：「宮刑就是割男人的生殖器啊。」她一聽馬上愣住了，我一看心下暗暗得意，被我嚇住了吧。她滿臉通紅地接口說道：「你說什麼呢？我說的是這書上寫這弓形是怎麼從扇形上割下來，但是我不知道怎麼割的。」

## 七月二十五日

昨天學了一天的數學，今天該到學習中文了，這也是我最喜歡的一門課。各位觀眾，請注意，中文是非常重要的，因爲我們是中國人。但是我們也不能不學習外語，我的好姐妹王昭君就多次對我講，要學好外語是很好的，就可以出國了。她就是因爲外語好所以被選中免費出國了，寶釵特別羨慕她，但是她惡補了幾天外語還是沒去成，倒不是她的外語學得不好，而是人家定的指標是英國，可是寶釵補了幾天法語。正是造物弄人，世事難料啊。

好了，傷心的事情我們也不多提了，還是說上課吧。我聽說今天我老爸新請了一位教中文的先生，據說是濁華書院的博士後，專攻漢語言的，非常厲害。今天是他給我們上的第一堂課，我們充滿了好奇。我們等了不一會兒，他就來了，原來是余春雪，我看過他寫的一本書名字叫《我要和盜版幹到底》，非常棒。我強烈給我的朋友們推薦，他們看了都說寫得非常好，這是一本千古奇書。

我們看到他進來連忙說道：「先生好。」

他回答道：「我爲什麼要好。」

這麼難伺候，當時我們都這麼想，但是沒有說出來。只好大家一起說：「你好我好他也好。」

他一聽說道：「原來你們在考我啊，還出個對聯讓我對，這個太簡單了，難不倒我的，不就是你好我好他也好嘛，我對一個更乾更爽更安心。」

大家鼓掌。

先生見到我們鼓掌，得意地笑了，他說：「今天我們學習反義詞。你們知道什麼叫反義詞嗎？」

# 大觀園之原味的夏天

「知道，」我們回答。

「那好，我們開始吧，我說一句話，你們就說出反義的話來，」他說。

余先生：今天天氣好晴朗。

我們：大家好，我叫野原新之柱，今年五歲，在向日葵小班上幼稚園，請多關照。大哥哥，你叫什麼名字啊？

先生狂暈，馬上大吼道：「我不是在背蠟筆小新的台詞，什麼亂七八糟的。」

我們：哦，哦，你怎麼生氣了，你是不是很喜歡吃辣椒？

「夠了，」先生真的生氣了。看來我們不能玩了，我們決定好好學造句，再也不惹先生生氣了。

先生：今天天氣好晴朗。

我們：今天天氣好糟糕。

先生：嗯，很好，就是這樣。

我們：啊，不好，不是這樣。

先生：我的這一句不算。

我們：你的這一句就算。

先生：算了，我們繼續。

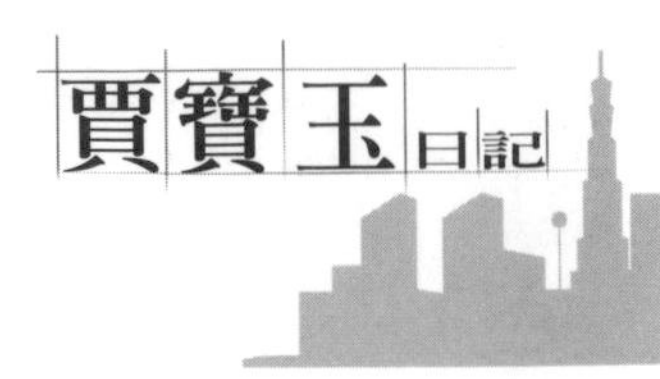


我們：不算，你們停止。
先生：廣場上人山人海。
我們：廣場下空無一人。
先生：我們都生活在幸福之中。
我們：你們都生活在痛苦當中。
先生：有兩個年輕人在談戀愛。
我們：有兩個老傢伙在鬧分手。
先生：學生是早上八九點鍾的太陽。
我們：先生是晚上八九點鍾的月亮。
先生：你們撿到錢要交給先生。
我們：我們丟了錢要去偷學生。
先生：這就不對了。
我們：那就正確了。
先生：那是違法行爲。
我們：這是合法行爲。
先生：我說這句話是錯誤的。

# 大觀園之原味的夏天

我們：你說那句話是正確的。
先生：先停一下。
我們：繼續下去。
先生：我說停止。
我們：你說繼續。
先生：你們是蠢豬嗎？
我們：我們是天才嗎？
先生：你們聽我的。
我們：我們聽你的。
先生：這就對了。
我們：那就錯了。
先生：我們現在停止反義詞的練習。
我們：你們現在繼續同義詞的練習。
先生：你們還有完沒完啊。
我們：我們都有始有終啊。
先生吐了兩口血，倒了下去，可能是因爲我們說得太好了，他有了即生瑜，何生亮的感慨吧。

## 七月二十六日

讀書真的好無聊啊，我已經厭倦了這樣的生活，我真的想找到屬於自己的一片天地。於是我隻身上路了，我決定去一個很遙遠的地方，沒有人能夠找到我，我去過一個人的生活。但是走了沒有多久，我就遇到麻煩了，一個蒙面的強盜用刀頂著我的腰把我逼到了一個小巷子裡，然後向我要錢。我心想，錢財畢竟是身外之物，丟了就丟了，還是性命重要，反正錢是丟定了，何不多結交一個黑道上的朋友。於是我問強盜：「大哥，你好，不知道怎麼稱呼您啊，我叫賈寶玉。」強盜一聽竟然喜極而泣，用顫抖的聲音說：「你就是賈寶玉啊，我是你的崇拜者啊，簽個名先，哎呀不好意思，我沒帶筆，要不用這把刀刺在我的手臂上吧。」我拿過刀子，剛扎了他一下，他馬上叫疼，說：「算了，要不下次吧。」

我又問道：「你怎麼會走上搶劫這條路的呢？」

強盜回答：「說來話長，對於這個職業，確實是來之不易，這是因爲我從小就

有這樣的抱負，我總是這樣激勵自己，我對自己說，你是天才的強盜，所以我從小學就很重視這方面的培養，並且表現出了一定的天賦，得到了很多人的認可，終於高中畢業順利地考中了北京搶劫高等技術學院，爲我日後成爲一名出色的強盜奠定了理論基礎。」

我問道：「你很熱愛這個職業嗎？」

強盜說：「是的，這毫無疑問，我從來沒有懷疑過自己會離開這個職業，我除了搶劫，還能做什麼呢？」

我問道：「現在很多明星在一行裡有了成績，都向多元化發展，不知道你有沒有這個想法？」

強盜說：「這個想法肯定還是有，但是我認爲還是要一步一步來，不能急功近利，我是靠搶劫出道，那麼我想到的肯定是首先把搶劫做好，在這個基礎上，我會考慮到盜竊圈子發展發展，力爭成爲雙棲明星。」

我問：「你對於這次對我的搶劫有什麼新的感受？」

強盜回答：「此次搶劫沒有感到非常緊張，以前也有策畫實施過這麼大型的搶劫，我一直在努力，我深信，我們這一行沒有最好，只有更好。我是第一次在這裡搶劫，所以這次換了新的髮型，以前是長頭髮，這次剪短了，這個短頭髮僅用了

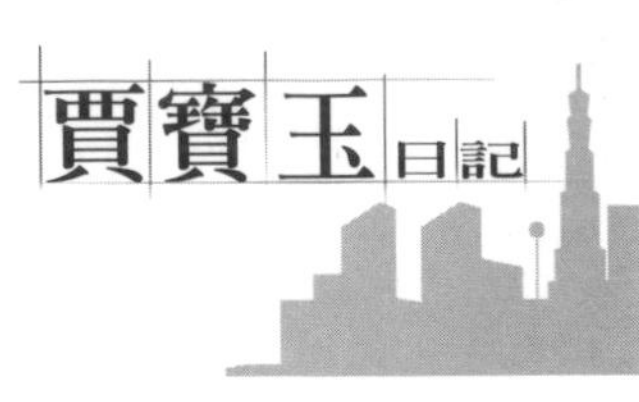


二十分鐘就剪好了，就是想以輕鬆的形象來實施這次搶劫。」

我又問：「你以前參加過團夥嗎？如果有，爲什麼要單飛呢？」

強盜聽了這個問題精神一下起來了：「這個問題說來話長，我以前是超級搶劫貝貝組合的重要成員，從組合單飛了之後，每個強盜都是會有變化的，從搶劫的策畫到實施到外形到手法到語氣到神態上都是有變化的，我渴望長大，成熟，也覺得要更有個性。超級搶劫貝貝組合給了我很多，是我搶劫事業的開端，今後事業的起點，個人單飛絕不會忘了以前的，我和組合的其他成員還是很有感情的和眷戀的。我們的精神也不會解散的，只不過現在是每個人都單獨實施搶劫，每個人也想各自發展自己的特點，更突出自己的特長，各自發展各自的特色吧。」

我一聽又問：「哦，這個組合我以前聽說過，人氣很旺的，你們有沒有對手，想要超過他們？」

強盜回答道：「當然有，就是在台灣很受歡迎的F４。」

我想了想又問：「你除了髮型，有沒有對此次搶劫做一些特殊的安排？」

強盜說道：「也沒什麼非常特殊的，但是還是有一些準備，比如：我想好了會用各種方式來調節搶劫的氣氛，本來我是想穿休閒服裝的，但由於這是很大型並且很隆重的一次搶劫，於是我還是特意爲這次搶劫準備了正式的服裝的。至於是什麼顏色的，你現在已經看到了，是我喜歡的粉紅色，我很喜歡這個顏色。」

我又問：「有沒有想過離開北京發展？」

強盜說：「當然有，現在北京強盜的情況很糟糕，我也一直想去外地做宣傳發展發展，可是由於種種主觀客觀的影響吧，就沒有出去，一直拖到現在，估計明年四、五月份會尋求發展吧，通過搶劫，我也希望讓更多的受害者認識我們，了解我們，讓我們在任何地方任何時候都不會感覺到孤獨。」

我看也差不多了：「很高興你今天能接受我的採訪，有機會來賈府吧。」

強盜高興地回答：「好的，會的，希望我們都有更好的發展！」

真是個可愛的強盜，他還從搶我的三千兩銀子中拿出了一兩銀子讓我打車回家，他真是個好人！

## 七月二十八日

經過了一次搶劫，我感悟了許多，經歷了這生與死一線之隔之後，我明白了許多道理。其中最重要的就是要學會珍惜，於是我想我首先就應該珍惜我的奶奶、我

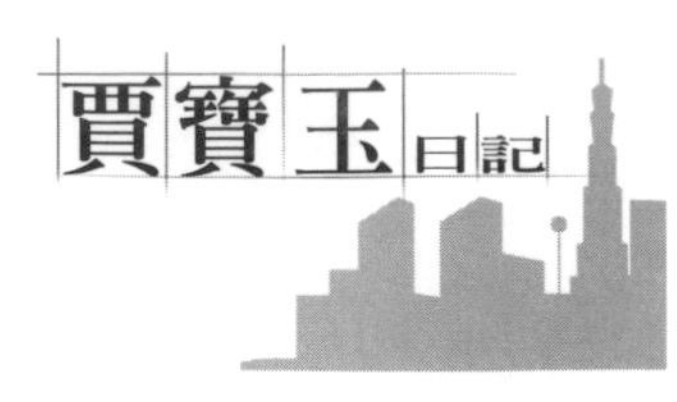

的父親、我的寶釵、我的黛玉、我的晴雯和襲人。人在生死抉擇中勝出的時候，才能真正的大徹大悟。真的，活著就是是一種幸福，那是一種最原始最本質的存在，短短的一生，長長的孤獨，但是也比死了強，正所謂：好死不如賴活著，寧爲瓦全，不爲玉碎，寧願爬著活，不能站著死。總之一句話：死，固然需要努力，生，更需要智慧用心，生死之間，彰顯男人智慧！

我曾經看過一部電影，名字不記得了，講的正是生死一線的人生歷程。那是一次海難的故事，故事說一個窮小子在一次打賭中贏得了一張船票，在這艘船上他遇到了一位美麗的富家小姐，兩人一見鍾情，但是受到了傳統禮教、世俗觀念的影響，他們不能在一起。結果非常幸運的是這艘船遇到了海難，船沈了，小夥子給了小姐生存下去的勇氣和力量，但是自己死了。這種生死相戀的電影非常感人，這部電影也成爲了家喻戶曉的經典之作。這部電影給我印象最深刻的鏡頭就是那個小夥子臨死前對小姐說的話：俺們那噶達都是東北銀，俺們那噶達都是活雷鋒！

## 七月二十九日

# 大觀園之原味的夏天

這幾天我都在被生與死的問題搞得暈頭轉向，心想既然我明白了珍惜的道理，就應該有點實際行動，然後就決定乾脆去看望我老爸和我奶奶。

我先跑到我老爸那兒，聽管家說他去醫院了，我一聽連忙問管家他得了什麼病，但是管家吞吞吐吐，面露難色。難道……他得了什麼絕症……

我一想到這裡，馬上號啕大哭起來：「我的爹啊……閉上眼睛，想起老爸你，難忘記，你我曾有的約定，長夜漫漫，默默在哭泣，心中無限痛苦，呼喚你，老爸，我不能失去你，老爸，我無法忘記你，老爸，用生命呼喚你，永遠地愛你……」

我剛唱完，只聽管家高喊一個「好」字，滿眼熱淚地鼓起掌來，說道：「少爺你唱得真好，我覺得你完全可以參加超級模仿秀節目，你可以模仿王傑啊，你比他唱得還傷感。」

我一聽高興地說：「真的嗎，怎麼報名啊？你幫我報一下吧，你覺得我還需要準備點什麼或者還有什麼需要完善的？」

管家說：「真的很不錯，已經很完美了，請允許我代表廣大的歌迷感謝你，說一聲，您的出現將是歌壇的一大奇蹟。」

「真的嗎？那你說我穿什麼樣的服裝和弄個什麼樣的髮型呢？我很少參加這樣

的活動，希望能多撈一些印象分，」我又說道。

管家說，最好是穿比基尼，最好還能故意走光，這樣就能造點新聞，引起點注意，很快就能紅了。

……

## 七月三十一日

昨天去看望了我老爸才發現原來他得了性病，難怪管家吞吞吐吐的。看到他的房子亂七八糟，我打算給我老爸收拾收拾房間，也算爲他盡點微薄之力吧。

但是讓我倍感意外的是我竟然在他的枕頭下面發現了一本日記本，原來他也在記日記。按捺不住好奇心，我偷偷打開看了最近一個星期的幾篇，真乃奇文逸事，摘錄在此，用以自勉吧：

**星期一**

怡香院每到週一生意都好得出奇，這是有深層次原因的。由於現在改成了雙休

# 大觀園之原味的夏天

日，於是達官顯貴、皇親國戚們被家裡的黃臉婆管了兩天已經鬱悶非常，都翹首期盼著星期一的到來。所以我來的時候已經排隊排了三條街，不過現在不用傻排著，這還比較好，你可以在妓院門口領一張籤，上面有個號，喊到你的號就可以進去了，我看了我的號，是個很好的號——四三八。今天馬小花、牛阿香、劉招弟、秦小芳都忙得很，接待我的叫一個新來的叫郝豆豆的姑娘，我也不知道她怎麼取這樣一個名字，完事後，我給她錢，她說能不能多給十兩銀子？我問她爲什麼啊？她說她們那裡太窮了，根本辦不起學校，請不起老師，所以她才出來掙錢，希望能靠自己的力量攢點錢，辦個學校，讓山溝裡的孩子有書念，有學上。我一聽感動極了，對她肅然起敬。她又說我能多給更好，如果超過五十兩還可以把我的名字刻在學校門口的石碑上，讓那裡的孩子們記得我這個大恩人。我二話沒說，就多給了五十兩，並堅持不告訴她名字，像我這樣品德高尚的人，一定要做無名英雄。

**星期二**

今天我又來到了怡香院，接待我的是個還在學校讀書的大學生，看起來很文靜，很單純。不過，那工夫可是一流，絕對不是亂蓋，看來電視報紙上提倡的要把性教育課堂搬進大學是杞人憂天的，大學生根本不需要再加強對性方面的教育了，

很懂的嘛。我問她從那裡學的，她說在學校啊，有好幾個老師都開了性生活的輔導課，是選修科目。看來，三陪小姐專業化、學歷化的時代即將來臨了，就目前的社會實際情況看，這個專業將最少熱門三千年。在目前，就業人員過於明顯供大於求，所以說市場也需要規範化，我們要堅持五個原則：一、待遇與相貌、學歷、專業技能直接掛鉤；二、出生地與就業單位的所屬地儘量遠離；三、學生自願選擇就業單位；四、患病者堅決不允許上班，但是還是按國家最低標準給予生活補貼；五、家庭困難者優先就業的原則。這樣看來，就業形式非常嚴峻啊，所以我認爲做這一行的女孩子們一定要珍惜這個工作崗位。牢記這一行的工作口號：只要真心真情，我們一定能淫。

**星期三**

今天這個居然說她自己是某某網站的ＣＥＯ，與我大談網路經濟泡沫，還告訴我她曾經搞過網路企業，參加了前年在老撾舉行的「國際Internet第二屆年會」。她談到中國互聯網這十年經歷了四個過程：第一階段是標誌性的，即中國電信建設骨幹網，這樣，網站們才有了運營的物質條件；第二階段爲搜豬、舊浪、網難等網站的誕生；第三階段爲泡沫階段，互聯網企業開始反思和掙扎；第四階段，即現在，經

# 大觀園之原味的夏天

過一段時間的反思後，互聯網企業重新崛起，不再是異想天開，而是按照市場的需要來運作。談互聯網泡沫時，大家的反應是沸騰，各種評述都不客觀。互聯網泡沫破滅後，與其說互聯網企業們在反思，不如說他們在掙扎，他們存在著生存上的壓力。現在他們終於想透了一件事，即怎麼能賺到錢就是好的，而且掙錢手段當時是有些饑不擇食，不再製造概念了。我對這些根本不怎麼懂，被她說得胡裡胡塗的，於是我就睡著了，結果什麼事情都沒做，走時她不但收了錢，而且還激情高漲地對我說，現在網路經濟在復甦，她堅信她的融資絕對不是無功用，一定可以東山再起，非要我多給三百兩銀子。沒辦法，只好給了，希望今後網路經濟發展了，也該記得我曾經爲他們所盡的綿薄之力吧！

**星期四**

這個小姐絕對是個極品，一臉肅穆，滿目矜持，一看就受過高等教育，而且一定是事業上有點成就的女人。後來她說她是一家大型國有企業的財務科科長，原來是個白領。不過，矜持是瞬間的事情，我好久都沒遇見這樣的高人了，絕對是高手高手高高手。天啊，付錢時我才發現，今天錢包忘了帶，結果，我寫了個本月內付賬、超一天按三個點算利的條子給她。

## 星期六

今天是週末，外面的人不少，我就想不通，爲什麼中國會有這麼多的人啊？煩死了！幸虧我那黃臉婆最喜歡週末逛街，她約了尤三姐、王熙鳳、劉姥姥她們幾個去了，肯定又是去揀便宜貨，看看哪個店鋪清倉，哪個店鋪拍賣。想當初，我們剛戀愛的時候，真是神仙美眷，羨煞旁人啊，有詩爲證：正月裡來是新年啊，大年初一頭一天啊，我們兩個把戀愛談那啊，十八的姑娘一朵花，一朵花。沒想到，結婚才這麼幾年，她就徹底的變成了一個黃臉婆，我就失去了我的真愛，我想我的目標就是找到真愛，真愛萬歲，我要真愛！

我沒什麼事情做，只好又去找小姐，今天招呼我的是一個外地來北京的妹妹，長得很漂亮，我心下暗自歡喜。談好價錢馬上就開工了，但是不知道爲什麼，她突然停了下來，用商量的口氣對我說：是否可以把我的同事、朋友、親戚、同學介紹給她，這樣我就只需要湊足這一次的錢，然後我就成了她的會員客戶，我就可以繼續發展下線，每提供一個下線，我就有提成。然後她當即痛哭流涕，說如果我不答應她，她就要跳樓。我一聽嚇壞了，連忙問：「你到底是做什麼的。」她說她也是別人騙到北京來的，她也是別人的下線。我一聽明白了，傳銷害死人啊！

**星期天**

哎，不知道是怎麼回事，一大早起來就覺得不舒服，只好去醫院檢查，醫生說我病得不輕，已經嚴重感染。坐在醫院泌尿生殖門診的長凳上，望著來來往往的人群以及詫異的目光，我只好大聲說：「其實我是拉肚子，我是大腸發炎。」正說著，只見大夫走過來，大聲對我說：「怎麼在這裡站著，你患的是感冒，呼吸道發炎。」

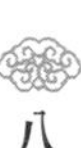

## 八月一日

老爸的日記太過癮了，太強了，他真是我的偶像。

而且他並不是什麼絕症，原來只是感冒了，這一下我就放心了。

今天寫點什麼呢？

我正想著，突然聽到院子裡而有人吵鬧。出去一看，原來是我奶媽和襲人爭吵呢。只聽得我奶媽說道：「忘了本的小娼婦！我抬舉起你來，這會子我來了，你

大模大樣的躺在炕上，見我來也不理一理。一心只想裝狐媚子哄寶玉，哄的寶玉不理我，聽你們的話。你不過是幾兩臭銀子買來的毛丫頭，這屋裡你就作耗，如何使得！好不好拉出去配一個小子，看你還妖精似的哄寶玉不哄！」襲人一聽，那裡受得了這個氣，馬上說道：「知道你爲什麼生我的氣，不就是我去南門老趙家美胸中心做了隆乳嗎，用得著這麼嫉妒嗎？」我奶媽一聽，這還得了，小丫頭上了頭了，馬上反唇相譏：「你就是做一百次也沒有用，黃豆怎麼充水也不會充成西瓜的，因爲黃豆皮就那麼點，西瓜天生就是西瓜，再小也比黃豆大，而且大家都喜歡純天然的，誰要加工的啊。」襲人一聽：「你說誰是黃豆誰是西瓜？誰是天然？誰是加工的？」「就說你，就說你，你是黃豆，我是西瓜，你是加工，我是天然，你還能怎麼著吧。」奶媽一邊說還一邊把胸脯挺起來，只見一對尤物在陽光下閃閃發亮，不要誤解，其實發亮的是胸口的胸針。

## 八月三日

昨天陪我奶媽跳了一下午的街舞，今天腿好疼啊。於是就叫了黛玉來給我按摩

# 大觀園之原味的夏天

按摩，她是專門學過的，是賈府的中級技師，據說她是跟劉姥姥學的。劉姥姥可厲害了，她是京城高級按摩技師，手法好，精通歐式推油、泰式按摩、中式推拿……聽說她的玉女騎式是絕對經典，嘿嘿，找機會一定要試試。

## 八月六日

我一直在考慮這樣一個問題，到底是沒有女人比較煩惱，還是女人太多了比較煩惱。我每天面對這四個佳麗，心中感慨萬千啊。我記得有個故事說，有一個男人他有三個女徒弟，但是非常不幸的事情發生了。這三個女徒弟竟然同時愛上了他，大徒弟名叫孫悟空，是個女強人，不輕易表達自己的感情，但是用情很專，又有很強的工作能力。二徒弟名叫豬八戒，顧名思義，她是那種胖胖的屬於可愛型的，嘴甜任性但是很會討他的歡心。而三徒弟是個平凡的女人，名叫沙和尚，雖然她的名字很男性化，但是事實上她很脆弱，她總是很緊地綳著自己的神經，默默地愛著他，無私地奉獻著自己的一切。這一切傷透了他的腦筋，他也不知道怎麼辦才好，選任何一個都會傷了另外兩個的心，於是他就一直拖著，但是他深知猶豫比拒絕更痛苦的道理，與其四個人都痛苦，不如乾脆來個了斷。

那是一個伸手不見五指的夜晚，寒風呼呼作響，遠處空無一人的山崗亮著一絲微微的燈火，一位大師靜坐在一見小土房子裡，默默地打坐。像這樣的夜晚真是讓人傷感啊，很多人都已經酣然入睡了，但是這位大師卻不能睡覺，因爲這一帶強盜眾多，最喜歡乘著夜黑風高，出來作案。他是個責任心極強的人，他當然不會讓自己的失職使得他看的這一片果園丟失一個蘋果。此情此景，有詩爲證：

月落烏啼果滿園，
唐僧受聘把園看。
要是丟了一個果，
又挨批評又扣錢。

哎，人世間最悲慘的事情莫過於此，讓我們爲在深夜還戰鬥在第一線的以唐僧同志爲代表的勞動者們致以最崇高的敬意和最誠摯的問候！讓我們一起大喊：你們辛苦了！

但是我們的唐師傅此刻的心情又怎麼能夠平靜下來，他已經沒有地方躲了，

# 大觀園之原味的夏天

他走到哪裡，他的三個徒弟就找到哪裡。短短的半年時間，他已經奔波了中國的三百六十多個省、市、自治區，還曾偷渡去了緬甸、柬埔寨、孟加拉等一千兩百多個國家，地跨歐、亞、非三洲，還在東海、南海、黃海、黑海、死海等七十多個龍王家裡避難，但是怎奈他三個徒弟神通廣大又加上癡心不改，所以不論他躲到哪裡，她們都能找到他。一想到這裡，他就難過地哭了起來，還傷心地唱道：「逝去的感情如何留得住，我不相信，我要付出我所有，世界太美妙，我太孤獨，王八蛋……」

咦，這首歌怎麼這麼熟悉，我記得這好像是我二哥的成名曲，難道唐僧是我二哥的高徒，難怪他有吸引三位妹妹的深厚功力，原來是我二哥的高徒，善哉善哉。不過這唐僧雖然是翻唱，但是很見幾分功底，加上了一些自己對這首歌的理解和新的意義，非常不錯。真是翻唱有理，翻唱永遠ＯＫ。

咦，怎麼說著說著說到翻唱去了，看來最近我的精神也不是很好，經常思想上出小差。還是說我二哥的高徒吧。

話說他怎麼也擺脫不了三位嬌豔美徒的苦苦糾纏與追尋，想出了一條絕招，他戴了超級大卷的假髮，還貼上了大鬍子，更應聘當了一位果園看守員。哇，整個世界安靜了，他可以靜下來去想想自己的未來和理想了。他一邊聽著他新買的ＣＤ一邊打坐，突然發現月光下三個模糊的人影緩慢地靠了過來，莫非有偷果賊，他心頭一驚。他趕上前去大喝一聲，三個人明顯被他嚇了一跳，抬頭仔細把他打量。

這一打量不打緊，卻嚇壞了唐僧，原來是他的三位高徒，連這樣他們都找得到，簡直是慘絕人寰，天理難容。他正準備束手就擒，突然聽到八戒嗲聲嗲氣地說：「吆，我還以爲是誰呢，大姐，三妹，也該我們三個造化，找我們那親愛的沒找到，今天竟找到了賓拉登，把他交給美國佬，我們能大發一筆呢，看來也不枉此行啊。」說著三個人就要上來把唐僧給捆了。一看這陣勢，唐僧不得不說道：「放手放手，我不是拉登啊，我是你們三藏哥。」

就是這樣，四個人在這樣一個夜晚相聚了，那種複雜的感情難以言表，只有抱頭痛哭，一訴衷腸。最後三位妹妹一致表示，願意三個人一起跟著唐僧，不分妻妾，和睦相處。

但是真是世事難料，造物弄人啊。正當他們以爲即將過著幸福美滿日子的時候，噩耗從京城傳來，原來要實行一夫一妻制了。他們這樣竟然成了違法行爲，官府在到處追捕他們。在這種情況下，他們已經沒有退路，怎奈得情深似海，緣定終生，寧願做逃犯他們也絕不分開，於是他們開始了漫長的逃亡之路。

後來他們一邊走一邊打聽，知道西方極樂世界不執行這個規定，是一塊特區，

# 大觀園之原味的夏天

美其名曰：一國兩制。於是他們商量決定前去西方極樂，爲了謀取幸福，追求自己想要的生活，師徒四人勇敢地踏上了西行之路。

後人爲了紀念他們這種爲了愛情勇於挑戰，勇於蔑視朝廷，勇於鬥爭，排除萬難的精神，把他們西行之路上的點點滴滴都記錄下來，供後人們學習瞻仰，這本書大家都非常熟悉，正是《西遊記》。

## 八月七日

昨天日記寫得太多了，晚上睡得很晚，結果今天早上睡過頭了。

一出門就看到黛玉在院子裡摘花，穿著極爲性感，看得我春心大動。由於她背對著我，所以沒有看到我，我心下暗自竊喜，悄悄走到她身後，一把就把她抱住，說道：「親愛的，幹嘛穿得這麼誘人啊？」只見她不住的抖動，於是我又問：「幹嘛這麼緊張啊！」她回頭一看，哇，沒把我嚇個半死，只見一張充滿皺紋的老臉，就像千年古蹟的老牆，還是佈滿蜘蛛網的那種。我連忙鬆手後退，原來是劉姥姥。

我們兩個都很不好意思，臉憋得通紅。過了一會兒，劉姥姥才說：「今天天氣太熱，我沒有薄衣服，就借了黛玉的衣服穿……」

……

## 八月九日

最近，賈府流行染髮，我作爲一名走在時代前列的弄潮兒，怎麼能夠不流行一點呢。於是我決定今天去染個髮，於是我就去叫寶釵和黛玉和我一起去。見到了她們沒把我嚇一跳，一個染的是綠色，一個染的是藍色，太漂亮了，我喜歡。這更堅定了我去染髮的決心，我最後染了一種特殊的黃顏色，哈哈，這正是我的性格。只看得她們兩個大聲讚道：「果然有搞頭。」

就這樣，我們三個興高采烈地回去了。突然聽到一個男人大叫：「有鬼啊！」我仔細一看，原來是我老爸。他一看是我們三個，馬上氣不打一處來，罵道：「好好的中國人不做，幹嘛裝個假洋鬼子？你知不知道你這樣一點性格都沒有了。」

「是嗎？」我表示了懷疑。

我老爸一聽更氣了：「當然是了，你長得不夠強壯，床上工夫也馬馬虎虎，你

不好好做你的少爺，難道你想去做鴨子嗎？」
「我有想過……」
我還沒說完，我老爸就破口大罵：「省省吧你，改變什麼形象啊，好好做你的少爺這份很有前途的職業去吧。」
我一聽連忙說：「我知道了，我會努力的，可是染髮是個時髦的潮流啊……」
「好，既然說到潮流，說到流行，那我就再給你們上一課，有一個典故不知道大家知道不知道，那就是著名的滑鐵盧之戰，」我老爸視死如歸地對我們說。
我們一聽連忙說知道知道。
「那黛玉你先說，」我老爸說道。
黛玉接口說道：「哦，滑鐵盧之戰是一個著名的故事，出自著名言情小說《三國志》，講述的是諸葛亮身患重疾，拉肚子拉了十天七夜不見好轉。正巧這日家中抽水馬桶壞了，偏偏他只喜這一種抽水馬桶，在其他地方就無法如廁。眼看著他命不久矣，才猛然想起原來董卓老賊家中有一個一樣的馬桶，於是他用計欺騙董卓，借用他馬桶的故事。」
只見我老爸吐了一口血說：「還是寶釵你來說。」
寶釵一聽連忙說：「林妹妹說的完全不對，其實這個典故出自著名武俠小說

《梅花三弄》，講述三個男人愛上了同一個女人，這三個男人爲了爭奪這一個女人，勾心鬥角，相互誹謗陷害的故事，故事本身非常感人，讓我們知道了愛是自私的這個偉大的道理。」

我老爸狂吐鮮血，面色蒼白。

看來我不出面是不行了，這兩個妹妹竟然把我老爸氣成這樣，連什麼是滑鐵盧之戰都不知道，我說：「爹地，你莫氣，她們是女人嘛，正所謂，女子無才便是德，你也不要和她們斤斤計較了，還是我來說吧。」

老爸聽我說完，面露欣慰之色。

我接著說道：「其實滑鐵盧之戰並不是一個典故，而是一場著名的戰役，戰役的雙方是聖鬥士星矢大戰白羊座穆先生，這場戰役完整地展現了作爲聖鬥士領袖的星矢這個積極向上、永不言敗的陽光少年光輝的一面，總結一下全部的《聖鬥士》，每一次戰役中的第一和最後一場戰鬥一定是星矢出場，準確率百分之百。所以這個人物是一個英雄，是一場戰役塑造的英雄，這是一個需要英雄的時代，如果在這個時代沒有這樣的英雄，歷史就會造就這樣的英雄出來……」

我還沒說完，就發現我老爸和兩個妹妹已經口吐白沫，人事不醒，阿彌陀佛，我一個個掐他們的虎口，終於都醒了過來。

# 大觀園之原味的夏天

我老爸看樣子已經不行了，在盛怒之卜還是耐著性子和我們說：「滑鐵盧之戰其實發生在古代的羅馬戰場，當時的對陣雙方是羅馬足球隊對古中國麵瓜隊，我想大家一定都知道，羅馬擁有超級偶像巨星托蒂，正常情況下，比分應該是羅馬三十比零擊敗中國麵瓜足球隊，但是結果卻大出人們所料，竟然羅馬只贏了十五比零，這是爲什麼呢，原來在這場大戰中托蒂根本沒有出場，這是因爲托蒂在休息室裡休息。他休息的原因是他要吸食鴉片。他吸食鴉片的原因是他要止痛。他疼痛難忍的原因是他痔瘡惡化。他痔瘡惡化的原因是他穿緊身褲。他穿緊身褲的原因是當時整個古羅馬都流行穿緊身褲。這個典故正是告誡你們這些年輕人，不要盲目地跟潮流，趕時尙，追流行，否則就會長痔瘡的。」

我們三個恍然大悟，爲老爸的精彩發言而情不自禁地鼓起掌來！

## 八月十一日

今天天氣很熱，好像蒸籠一樣，整個賈府都籠罩在一片熱浪之中。爲了在這樣酷暑難當的夏日取得一絲奢望中的涼爽，我們幾個決定去游泳。

我們帶上泳裝、泳褲、潛水鏡、救生圈（由於沒有救生圈，我們就用了汽車輪胎頂替）。一行五人浩浩蕩蕩地出發了，不知是誰突然問道：「爲什麼游泳會涼快呢？」哇，這個問題有深度，馬上引起了我們的高度重視。我自從來到了人間，就時時刻刻用一種更高的標準來要求自己，喜歡探討深奧的問題，解決棘手的難題。所以每當遇到這樣富有創意而又具有實用價值的問題，我非常喜歡討論並且解決。於是我號召大家積極探討，並專門召開一個名爲「關於游泳與涼快的必然與非必然聯繫性」的討論會，成立一個討論領導小組，當然由我擔任組長。這個建議得到了大家的一致認可和擁戴，證明就是熱烈的鼓掌。

襲人首先發言：「游泳時要把衣服脫了，這是涼快的主要原因。因爲穿得少就會比較涼快，但不游泳時，必須穿長褲、外套啊什麼的，頂多穿吊帶超短裙。說起這個超短裙我還有點其他的想法，不知道在這個會上方不方便講。（在得到我們大家的同意後她繼續講）超短裙其實是裙子的一種，早在三千多年前就出現在中國北方的一個小鎮，這個小鎮的人們淳樸又富有愛心，於是他們就發明了超短裙。（眾人昏倒）雖然我的發言很精彩，但是你們也不要這麼激動啊，我還是接著說游泳吧。其實每個人都有赤裸的願望，但是道德禮教約束了自己的行爲，所以大家在大熱天裡還把自己裹得嚴嚴實實的，這其實是一種人格的淪喪，一種人性劣的表現，

虛僞而空洞。我記得一位哲人曾經說過：每個時期都要裸露，如果一個時期沒有一個裸露的理由，人們就會創造出一個裸露的理由。而現在這個時期，游泳顯然就是這樣的理由，大家可以光明正大的穿著比基尼晃來晃去，也不會有人說你是壞女人，所以我認爲，游泳能夠涼快的主要原因是裸露。換言之，游泳與涼快的聯繫是非必然的。不過說起這個比基尼，我還有點其他的想法，不知道在這個會上說方便否。（不方便，我們齊聲回答）」

我聽完也發言：「襲人妹妹說的也未嘗沒有道理，她從人性的角度深入考慮了這個問題，很好，但是言談之中也有失偏頗之處，比如我認爲有一個定義下得就很不準確，她提到大熱天把自己裹得嚴嚴的，就是一種人性劣的表現，我認爲就不準確，也有可能人家只是在玩包粽子的遊戲啊，我就經常玩這個遊戲，這個遊戲很好玩，規則是這樣的，找些衣服、被子啊什麼的，把自己裹起來，然後唱，我是一個粽子，粽子粽子粽子……來，我們一起玩這個好玩的遊戲吧。」後來由於帶的衣服太少，只好作罷了，不過我們還是興致勃勃地唱了五十遍。

再後來寶釵就發言了：「我倒是不贊同襲人妹妹的說法，我覺得游泳之所以能涼快是因爲地理位置愈低溫度就愈低，在水中時候所處的位置比在地上低，所以溫度低，就涼快。這並不是我亂蓋的，有歷史典故爲證。那是三國時期，有個帥哥名叫諸葛亮，他為了得到他心儀已久的小喬，竟然連夜偷渡去了周瑜的老窩。就是在這個偷渡的過程中，他發現了這個祕密。後人為了紀念他這個偉大的發現，把地理位置愈低溫度就愈低的定律稱為諸氏定律。」

啊，豬屎定律。我們狂暈！

## 八月十七日

這一日沒事情做，於是跑到黛玉房間串門子。還沒進門，就聽見她和另一個妹妹說話呢，我從門縫裡溜著一看，原來是她和香菱妹妹。只聽得香菱笑吟吟的對黛玉說：「這本書好好看啊，尤其是裡面的詩句，真的好棒啊。」黛玉笑道：「當然了，我給你推薦的哪能有錯，你共記得多少首？」香菱笑道：「凡是你圈了紅圈的我盡讀了。」黛玉道：「可領略了些滋味沒有？」香菱笑道：「領略了些滋味，不知可是不是，說與你聽聽。」黛玉笑道：「正要講究討論，方能長進。你且說來我聽。」香菱笑道：「據我看來，詩的好處，有口裡說不出來的意思，想去卻是逼真的。有似乎無理的，想去竟是有理有情的。」

# 大觀園之原味的夏天

黛玉笑道：「這話有了些意思，但不知你從何處見得？」香菱笑道：「我甚是喜歡這一句，云：大漠孤煙直，長河落日圓。想來煙如何直？一定是他把煙囪看成是煙了，哈哈，這說明一點，這個詩人一定是近視眼，要不怎麼能把煙囪看成是煙呢。其實說來他也可憐，要是他那時候有亮眼滴眼露的話，就不會視疲勞，更不會近視了。說起來眼睛近視確實很痛苦，幸好我沒近視，眼睛還漂亮，我來賈府打工之前，我男朋友還專門寫了首歌讚美我的眼睛呢。他是這麼唱的：村裡有個姑娘叫香菱，長得好看又性感，一雙美麗的大眼睛，辮子粗又長，謝謝你給我的亮眼，今生今世我不近視，謝謝你給我的明亮，晚上看到夜的黑……」

我一聽笑道：「香菱妹妹所言極是，還有什麼是比近視更痛苦的呢？但是你這樣給「亮眼」做廣告，是不是真的這麼靈啊？」香菱馬上回答道：「當然是真的啊，你看我就是常年用亮眼，所以我的眼睛才會這麼好的啊。」說著她把她那個像牛眼一樣的大眼睛眨給我們看。突然她哎呀大叫一聲，開始在地上亂摸，還摸到我的腳上來了。

我連忙問她：「你幹什麼？」香菱妹妹臉憋得通紅：「不好意思，我摸我的隱型眼鏡呢，剛才眨眼的時候不小心掉出來了。」

後來她招了，原來她是「亮眼」公司的業務員。

## 紅樓夢原文賞析

且說寶玉因見黛玉又病了，心裡放不下，飯也懶去吃，不時來問，黛玉又怕他有個好歹，因說道：「你只管聽你的戲去罷，在家裡作什麼？」寶玉因昨日張道士提親之事，心中大不受用，今聽見林黛玉如此說，由不得立刻沈下臉來，說道：「我白認得了你。罷了，罷了！」黛玉聽說，冷笑了兩聲道：「你白認得了我嗎？我那裡能夠像人家有什麼配得上你的呢！」寶玉聽了，道：「你這麼說，是安心咒我天誅地滅？昨兒還為這個起了誓呢，我便天誅地滅，你又有什麼益處？」黛玉一聞此言，方想起昨日的話來，今日原是自己說錯了，又是急，又是愧，便抽抽搭搭地哭起來，說道：「我要安心咒你，我也天誅地滅！何苦來呢？我知道，昨日張道士說親，你怕攔了你的姻緣，你心裡生氣，來拿我煞性子！」

寶玉的心內想的是：「別人不知我的心，還可恕，難道你就不想我的心裡眼裡只有你！你不能為我解煩惱，反拿話堵噎我，可見我心裡時時刻刻白有你，你心裡竟沒我了。」那黛玉心裡想著：「你心裡自然有我；雖有金玉相對之說，你豈是重這邪說不重人的呢？我就時常提這金玉，你只管了然無聞的，方見得是待我重了。怎麼我只一提金玉的事，你就著急呢？」

# 第七章

# 我的十六歲，比黛玉更憔悴？

我畢竟只是一塊石頭，我真的有權利去享受人世間的情愛嗎？我有資格去獲得這麼多絕色佳人的寵幸嗎？我整日被這樣的難題困擾著，夜不能寐、茶飯不思、以淚洗面、憔悴不堪。難道這就是我想要的生活嗎？我沒有人可以說說知心話，我真的好可憐啊，難道石頭就不能享受人間那些普通的快樂嗎？

## 八月二十日

我已經很久沒有在我的日記裡提到感情問題了，其實這是最讓我苦惱的。那種深藏在我內心的孤獨與失落把我折磨得遍體鱗傷。

我畢竟只是一塊石頭，我真的有權利去享受人世間的情愛嗎？我有資格去獲得這麼多絕色佳人的寵幸嗎？我整日被這樣的難題困擾著，夜不能寐、茶飯不思、以淚洗面、憔悴不堪。

難道這就是我想要的生活嗎？我沒有人可以說說知心話，我真的好可憐啊，難道石頭就不能享受人間那些普通的快樂嗎？人，其實又有什麼了不起呢，還不都是由泥巴變的，爲什麼當人搖身一變後就忘了自己的本質呢？這才是人最大的悲哀啊！

一般我遇到什麼心理障礙的時候都去找我奶奶，她畢竟是過來人，德高望重又喜歡研究佛法哲學之類的，是我們賈府最著名的心理醫生。再加上我也好久沒有去看望看望她老人家了，心中思念甚，於是我就去了。

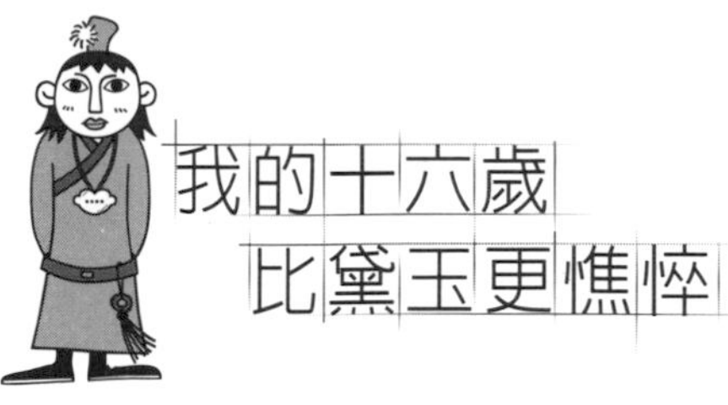

# 我的十六歲 比黛玉更憔悴？

到了我奶奶房間一看，她不知從哪裡弄來了一大堆連衣裙，正一件件的試呢。看到我進來，她高興極了，說道：「乖孫子，快來幫奶奶看看，哪件漂亮？我最近不知道怎麼了，特別迷戀連衣裙。」我只好隨便指了一件說這件不錯。她拿起來試了試說：「不好不好，又長又不透，一點也不性感。」

……

## 八月二十一日

昨天被我奶奶逼著陪她試了一天的連衣裙，眼睛都快花了，搞得我頭暈目眩，害得我的心理難題都沒機會提出來。今天奶奶竟然又叫我去陪她試。我真想死啊……

到了下午好不容易試完了，她選了一件薄如蟬翼的白色連衣裙，超級性感，連我都看呆了，要是沒有那一身的褶子，簡直就是一個中國版的麥當娜。

她問我怎麼樣。我情不自禁地說：「太棒了，您就是賈府前進的明燈，您就是我們後輩效仿的楷模，您就是我心中的偶像，您就是世界上最性感的女神！」她一聽高興地說：「是啊，我自己也是這麼覺得，而且我覺得我的皮膚確實很好，這主要是因爲我用牛奶洗澡。說起這個牛奶洗澡，我還是很有心得的……」等她講完，我已經快睡著了，她這才問我最近怎麼樣。

我連忙說：「奶奶，你聽我說……」

## 八月二十二日

昨天又白過了，陪我奶奶唱了一下午的京劇，後來還跑到KTV唱了一晚上。回來就後半夜了，日記也沒有記完。

今天我又找我奶奶去說，我一定要解開心中的疙瘩。但是這幾天確實沒有休息好，精神很差。結果這一下子就被我奶奶看出來了。她說：「乖孫子，怎麼臉色這麼差，平時要注意休息啊。」

我心想，還不是陪你才會這樣的。嘴上卻說：「是啊，不知道爲什麼，最近特別迷茫，總是感覺頭暈目眩的。」奶奶一聽說道：「這是正常現象。」說著她還拿出了一本書，名字叫《天體的奧祕》。她接著說：「原來地球是圓的，並且在不停

# 我的十六歲 比黛玉更憔悴？

的旋轉，我們都在隨著地球不停地旋轉。所以我們會感覺到沒有方向感，感覺到迷茫，感覺到頭暈目眩，這是正常現象，不要緊張，更不要大驚小怪。」

我一聽來了精神：「原來地球是圓的啊，那我們爲什麼沒有被甩出去啊？」

「哦，這個問題是這樣的，」奶奶說，「那是因爲我們都穿了鞋啊，鞋會把我們拖住的，所以我們才不會被甩出去啊。」

哇，奶奶真是我的偶像，連這個都懂，我真的很崇拜她。

然後我就談到了我的感情。奶奶一聽陷入了沈思，她說：「這種事情關鍵還是靠自己，我們外人只能是給些建議，決定還是得自己出。」

我說：「這個道理我當然明白，我就是想聽聽您的建議。」

奶奶說：「我覺得，這個問題很簡單，感情就是一把雙刃劍，更是一把屠龍刀，也有人把它比喻成小李飛刀。歸根揭底，感情就是一種武器。早在幾百年前，我們賈家銀鉤在兵器譜上也曾經排名非常靠前，如果我記得沒有錯的話應該是第三、第五或者第三百八十四吧（什麼記性啊）。當時眾多高手齊聚華山之巔一爭兵器譜上的排名，當時的情景慘烈異常，血流成河，真是一場腥風血雨的較量，是勇者的天堂，膽小者的墳墓。就是那一戰成就了無數的英雄，還有我的初戀情人，我遇見他真的是很奇妙啊，那是一個桃花盛開的春天，一列開往台灣的列車上，我和

他邂逅了，他相貌英俊、玉樹臨風、風流倜儻、體格健壯……」

哦，原來奶奶還有這個神奇的一段往事啊，我不由得來了興趣，連忙問道：「是誰啊，是誰啊，快跟我說說。」

奶奶聽我這麼一問，馬上有點不好意思了，最後在我的再三要求下，終於啓齒說道：「就是任大華啊。」

## 八月二十三日

昨天可能是說得太興起了，我奶奶竟然精神又出了問題。胡言亂語了半天，害得我不但沒有解開心中的疑問，反而還得忍受奶奶的風流韻事。

心中的傷感又怎麼能夠解脫，於是我就站在閣樓的窗台上眺望遠方，賈府四周正在大興土木，到處都是一派欣欣向榮的景象。我不由更加傷感，這樣表面的浮躁下面隱藏著多少空洞與虛妄、不安與躁動呢。到處更是溝壑滿園，小孩子們在那些溝壑上跳來跳去，盡情的玩耍，讓我不由想起我的童年……

我記得小時候有一次把教我的先生氣得半死，我自己還不知道是爲何。這件事

# 我的十六歲 比黛玉更憔悴？

情一直困擾著我的童年，

他爲什麼要生氣呢？事情是這樣的，有一次先生帶著我們去野外上課，他興致勃勃地問我們，你們誰知道，怎麼能夠判斷出現在刮的風是什麼方向的啊？

我一聽連忙舉手說：「先生，我知道，我知道。」先生一看是我，高興地說：「好一個寶玉，果然聰穎伶俐，好的，那你來說。」

我最喜歡有人誇我了，於是我站起來大聲說道：「就是看妹妹的裙子啊，看裙子向哪邊飄起來，就知道風的方向了啊。我還知道，今天黛玉妹妹穿的是粉紅色的內褲呢。」

老師竟然當場吐了一口血，難道我回答得不對嗎？但是爲什麼不對呢？真的想不明白，看來世間真的有很多事很讓人費解的。後來先生就讓黛玉回答，黛玉說：「可以把一片樹葉向上扔，根據樹葉的方向來判斷風的方向。」先生聽了非常高興，一個勁地誇獎她聰明。

我一聽，說這個誰不會啊，說著我就把一個大鐵球向上扔了上去，結果它直直地落了下來，於是我高興地喊：「快看啊，快看啊，原來刮的是上下風啊。」就聽見哎呀一聲，老師就暈了過去。我開始以爲是我的回答太精彩了，過了一會兒才發現原來是鐵球砸到他的腳了，他疼得暈了過去。多麼遺憾啊，如果他沒有暈倒的

話，他一定會誇獎我的，嘿嘿。

正想著這些童年的往事，就看到遠處非常感人的一幕。

原來是兩個殘疾人，在合作著騎一輛永久牌加重自行車，他們一個是瞎子，一個是瘸子，只見瘸子坐在車前面的橫樑上指揮，而瞎子就騎在車上踩腳踏板。

這種團結合作的場景真的讓人感動萬分，人類最偉大的貢獻就是發明了合作。

因爲合作，才有了這一座座房屋樓閣；因爲合作，才有了那一首首動人歌謠；因爲合作，才有了這一方淨土，一縷春光；因爲合作，才有了那萬象更新，萬紫千紅；因爲合作，才有這歌舞升平，太平盛世；因爲合作，才有了那黃榜提名，洞房花燭；因爲合作，才有了這生命不能承受之輕；因爲合作，才有了那視死如歸的肝膽之重；因爲合作，才有了這無數次的起義；因爲合作，才有了那無數次起義的勝利鎮壓；因爲合作，才有了這兩次世界大戰的成功爆發；因爲合作，才有了那兩次世界大戰的勝利結束；因爲合作，才有了這人類的繁衍生息；因爲合作，才有了那人類的死於非命；因爲合作，才有這川流不息的碌碌人群；因爲合作，才有那奔騰不息的歷史車輪……

我的思緒不覺已經飛得很遠，甚至飄離了自己的身體，變成了一首沒有譜的謠曲，它的節奏是這樣的：一噠噠，二噠噠……

# 我的十六歲比黛玉更憔悴？

當我的靈魂已經隨著我的思想遠離了我的肉身，又是現實，又是現實把我拉回了現實。

危險出現了，原來他們兩個在離我愈來愈近的時候，遇到了一個很深的溝壑，眼看著就要栽進去了。不過幸好，瘸子雖然腿腳不靈便，但是眼睛卻非常好使。只聽他馬上大聲呼叫道：「溝、溝、溝。」

瘸子一聽還以為他在高唱：GO、GO、GO，於是興高采烈地隨著唱道：「哦來哦來哦來。」然後只聽噗通一聲，地面上就不見他們的人了……

## 八月二十五日

不知道為什麼，昨天晚上突然下了一晚上的大雨，加上四周又在施工，弄得泥濘不堪，搞得我什麼心情都沒有了，還是黛玉妹妹聰明，她說不如我們玩泥巴吧。我們馬上點頭同意，於是我們就開開心心地一起玩泥巴了。

## 八月三十日

今天是八月的最後一天了，寫點什麼呢。

今天我睡了懶覺，這好像也沒什麼好寫的。

今天我吃了老趙家的餛飩，真是皮薄餡多湯鮮美啊！

今天還學會了一句諺語，這句諺語非常的出色，我想我會把它當成我的警句，時時刻刻伴我左右，指引著我前進的方向，伴隨著我慢慢的成長。

現在我把這句諺語摘錄下來，勉勵自己不斷進取，永不退縮！

「我覺得最近好像有點力不從心了，請服用大力神，一般人我不告訴他。」

## 九月五日

不知道是誰送給了我們一些草莓。好誘人啊，又大又紅又散發著濃濃香氣，於是我就一個人偷偷藏了。否則要是讓黛玉寶釵她們看到，哪還能有我的份，嘿嘿，還是我聰明。

# 我的十六歲比黛玉更憔悴？

我正準備開始吃。結果她們就來了，我只好把草莓全部藏在了大衣櫃裡。

原來她們是叫我去喝酒的，好久沒喝了，我們就去了「三碗不過崗」酒吧。

我看得出來，寶釵和黛玉的心情都不好。

我嘴上不說，但是我心裡明白，隨著時間的積累，她們對我的感情愈來愈深，都想嫁給我當老婆。但是我能怎麼樣呢，感情就是這麼無奈，世界上最不可能發生的事情偏偏就發生了，我真的同時愛上她們兩個了。而且還愛得如此之深，真是情深似海，生死相依啊！

我選擇其中的任何一個都會傷害到另外一個，所以我只能假裝糊塗，因為我真的太愛她們了，深到我實在做不出傷害她們的事情來。所以我只好等著她們之中的誰由於天災人禍或者飛來橫禍死於非命，這樣我就能理所當然的和另外一個妹妹在一起了，免得我背上個薄情寡義的惡名。

哎，我這個人就是太善良了，是善良使得我不忍心傷她們的心。

她們又何嘗體會不到我的苦衷呢？於是她們總是處處攀比，處處爭強，總想壓住對方的氣焰，其實她們哪裡明白，我喜歡的是包容，大方與無私。

我們喝的是一種名叫苦瓜的啤酒，味道好極了。

我問寶釵：「喜歡喝這種啤酒嗎？」

寶釵當然說：「喜歡啊，特別喜歡，你喜歡的我就喜歡。」

黛玉一聽不高興了，連忙說道：「寶玉，你還記得上次咱們兩個喝的那種藍帶啤酒嗎?那才是最好喝的呢，那是我最幸福的時刻啊!」

寶釵一聽當然不能示弱，對我說道：「寶玉，不就是藍帶嘛，我記得我們上次喝的那個啤酒更舒服呢，簡直是人間極品，超級瓊釀。現在的級別不都是這樣分的嗎，金、白、藍啊，比如金領高於白領，白領高於藍領。黛玉妹妹不就是喝了個藍帶就滿足了，哎，真是沒有追求啊，哪裡比得上咱們兩個上次喝的白帶……」

哦，我一聽立刻暈倒。

## 九月七日

前天直接喝翻了，昨天睡了一整天，今天才迷迷糊糊地醒了過來。一醒來就覺得房間裡的氣味很奇怪。

這才想起來，糟了，我的草莓。

我一打開大衣櫃，已經全部長了藍色的毛。

這時候黛玉又來了，她看到我手裡的草莓說：「這草莓怎麼變成這種樣子的了，藍絨絨的。」我一聽不好意思說實話，只好說：「這是因爲我覺得藍莓更好吃，草莓放藍了就變成藍莓了。」黛玉一聽高興地吃了幾個長毛的草莓，高興地說：「真的好好吃嗷。」

連這都相信，真服了她。

她突然抬頭問我：「我怎麼從來沒聽說過草莓長了毛就叫藍莓了啊？」我一聽連忙說道：「那是你孤陋寡聞，其實草莓在不同的時期有不同的名字。」

「哦，」她應了一聲又問：「真的嗎？那剛摘下來的草莓叫什麼啊？那些還帶著葉子好新鮮的草莓，它們叫什麼啊？」我看著她滿懷期待的眼光，只好說：「帶葉子的草莓當然就是『葉子莓』啊。」

## 九月十一日

今天是九一一事件爆發三千六百週年紀念，賈府組織了大型的義演活動。

其實我們大家都很傷感，雖然九一一事件發生在番邦，但是那些在九一一事

件中喪生的人們又怎麼能用國界去衡量呢？他們都是世界上的生靈，他們被迫喪失了活著的權利，他們是值得我們去懷念的人，請讓我們默哀三十秒，然後跟我高喊「生得偉大、死得光榮！」

說起生死，這真是人間永不休止的話題。

古代君王不惜一切代價，只求長生不老，只求金身不壞，但最終仍逃不開灰飛湮滅，命喪黃泉。那時候還有什麼將相爵侯，還有什麼高低貴賤，不過都是墳頭的一缽黃土罷了。什麼金銀錢財、珍珠瑪瑙、電子手錶……生不帶來，死不帶走，又何必斤斤計較，總是掛在心上，空惹煩惱呢！

拋開房屋樓寓，在茫茫大地上的人們，只不過是一種微不足道的生命，每一個個體都顯得渺小、纖弱。將那些煩惱放在更爲廣闊的空間裡，簡直就是微不足道、不值一提。

就算是你死了，也不過是微風一陣、清風一縷、春風一道，除了些至親至信之人，又有誰記得你分毫。所以我們不能盲目誇大自己的心情力量，力圖用自己的小宇宙統治客觀的大宇宙。

最後還是讓我們爲那些在意外中喪生的人們默哀吧！

讓我們記著古代哲人的教誨，一定要記得買保險，這樣就是出了什麼意外也不

用太擔心，因爲儘管你掛了，但是我們還能分點保金，不錯不錯，嘿嘿，記得我們的口號：化險爲夷，補天愛人，讓我們來分擔你們的不幸，讓我們掙那些幸運人的錢！

## 紅樓夢原文賞析

一日早起，寶玉因不見黛玉，便到她房中來尋，只見黛玉歪在炕上。寶玉笑道：「起來吃飯去。就開戲了，你愛聽那一齣？我好點。」黛玉冷笑道：「你既這麼說，你就特叫一班戲，揀我愛的唱給我聽，這會子犯不上借著光兒問我！」寶玉笑道：「這有什麼難的，明兒就叫一班子，也叫他們借著咱們的光兒。」一面說，一面拉她起來，攜手出去吃了飯。

點戲時，賈母一面先叫寶釵點，寶釵推讓一遍，無法，只得點了一齣《西遊記》；賈母自是喜歡。又讓薛姨媽。薛姨媽見寶釵點了，不肯再點。賈母便特命鳳姐點。鳳姐雖有邢王二夫人在前，但因賈母之命，不敢違拗，且知賈母喜熱鬧，更喜謔笑科諢，便先點了一齣，卻是《劉二當衣》。賈母果真更又喜歡。然後便命黛玉點。黛玉又讓王夫人等先點。賈母道：「今兒原是我特帶著你們取樂，咱們只管咱們的，別理他們！我巴巴兒的唱戲擺酒，為他們呢！他們白聽戲，白吃，已經便宜了，還讓他們點戲呢！」說著，大家都笑。黛玉方點了一齣。然後寶玉、史湘雲、迎、探、惜、李紈等俱各點了，按齣扮演。

# 第八章
# 大觀園之電影傳奇

今天一大早我就接到一通電話，說是有部經典電影重拍找我演男主角。哈哈，沒想到有這樣的好事情。我從是一個石頭的時候就夢想著成為一個明星，最好能是影、視、歌三棲的明星。

## 九月十二日

今天一大早我就接到一通電話，說是有部經典電影重拍找我演男主角。哈哈，沒想到有這樣的好事情。我從是一個石頭的時候就夢想著成爲一個明星，最好能是影、視、歌三棲的明星。

到了片場一看，哇，真是星光燦爛啊。

有我們熟悉的阿媚啊、阿敏啊、阿珍啊、阿琪啊、甚至還有走清純可愛路線的成奎俺……我連忙跑上去給他打招呼：「嗨，傻哥，這個戲你也參加了啊？那可真是太爽了。」他看到我也很高興，說道：「哈哈，秋生老弟你也參加啊，不會吧，我聽說這部戲好像不是三級片啊。」

什麼啊，竟能把我玉樹臨風、風流倜儻的一代宇宙超級無敵大帥哥賈寶玉看成了黃秋生！

告別了大傻，我就找導演去了。到導演室一看，不是吧，原來導演竟然是我大哥賈珍。

# 大觀園之電影傳奇

他一見我就嘿嘿笑道：「沒想到吧，哈哈，這部戲是我贊助的，我就來過導演癮。所以才找你當男主角啊，要不然哪個楞頭三會請你來演男主角啊。」

我怒目圓睜，以迅雷不及掩耳之勢衝了上去，一把握住我大哥的手，大喊一聲：「大哥啊，謝謝你給我這個機會，我一定不會辜負你的期望和投資，我會用我的勤奮換取您的信任。正所謂生我者父母，知我者大哥啊，古人有云，兄弟如手足，女人如衣服，爲了感謝您的知遇之恩，我決定把我身邊的一個出色女人送給你，希望你不要拒絕才好。」

我大哥一聽，口水已經流到膝蓋上了，說：「不知道好弟弟送我哪個啊？是病若西子的黛玉、小家碧玉的襲人、美奐美侖的寶釵還是那楚楚動人的晴雯呢？」

我一聽連忙說道：「這些俗品我豈敢拿到大哥這裡顯眼，我有更爲迷人的尤物贈與大哥。並且此人大哥你也認識，還非常熟悉。」

「哦，聽弟弟這麼一說，我還真是心動不已。還有比這四位佳人更爲出色的嗎？那當真是世間極品。相信此人一出，無人能出其右啊。不知是哪位佳人啊？」我哥哥一邊擦口水一邊問。

我鄭重地告訴他：「那就是性感無敵的超級波霸魔女——劉姥姥啊。」

## 九月十三日

昨天在片場，不知道爲什麼，我大哥突然暈了過去，最後到醫院緊急處理了才好了過來。後來他還求我不要感謝他了。我不知道爲什麼一向貪婪的他會突然良心發現不收禮了。

我想算了，既然他不要我的禮，我也不費那個心計了。

今天應該就要正式開拍了，但是我還沒有看到劇本。於是我就找我哥要劇本看看。他看了看我竟然問我什麼是劇本。我的天啊！連什麼是劇本都不知道，還敢出來當導演！

下午所有的演員都到位了，但是沒有劇本的這個事實讓大家都很不安。因爲這些人不知道沒有劇本怎麼演啊，都在悄悄嘀咕。

我一看這樣子可不行啊，萬一事情穿幫，我大哥做不成導演，投資打了水漂都是小事，大事是我做不成男主角了。

於是我趕快站出來替我大哥說話：「大家安靜一下，事情是這樣子的，這位導演剛從毛里求斯留學回來，深受好來鎢著名導演貝克漢的親睞……」

這時候有人說道：「貝克漢好像是踢足球的啊？」

「哦……，」我連忙改口說：「不錯，他以前確實是踢過足球，但是後來被踢壞了小弟弟，國際足聯禁止他參加男足的比賽了。於是他又想參加女足的比賽，但是國際足聯也不同意，說他沒有胸部。他達到了人生中最低的低谷，痛苦、鬱悶、煩躁、空虛、失落、傷心、悲憤……無數的感覺一下子壓到了這個中年男人的身上，他一度甚至想到過死，但，是愛情，是愛情給了他重生的勇氣。說到這就不得不提起一個女人，就是潘金蓮。潘金蓮是他的妻子，當她看到她心愛的男人如此痛苦不堪的時候，她的心都快要碎了。但是，和一個身體殘疾的男人在一起自己還不是一樣的痛苦，於是她毅然地離開了貝克漢轉而投入了西門慶的懷抱。後來她就和西門慶過上了幸福的生活，後人爲了表彰和紀念這位敢於向傳統觀念挑戰、敢於追求自己幸福、敢於以一個獨立女性的姿態出現、敢於甩掉外國男人的中國女人、特別撰寫了一部不朽的巨著，那就是《金瓶梅》。讓我們爲給我們中國男人爭氣長臉的西門慶先生，爲男女平等，爲女權主義做出巨大貢獻的潘金蓮女士致以熱烈的掌聲和崇高的敬意！」

嘩——嘩——嘩，大家熱烈的鼓掌，還有不少人淚花已在眼眶中閃動！

看來，預期的效果已經差不多了。

於是我繼續說道：「但是可憐的貝克漢不能踢足球，又遭受了感情的沈重打擊。不知道是哪位哲人說過（可能是孔子），人總是在絕境中才能發揮出自己的最大潛能，貧窮才是人類最大的敵人，所以我們做學問的一定要記住，笑貧不笑娼，是那些敢於爲了改善自己物質生活的女人的辛勤勞作，才帶動了我們所有人爲實現解決我們日益增長的物質生活需要和落後的社會生產之間矛盾而不懈努力。我們還是說貝克漢，他遭受打擊後，反而更加清醒。於是他毅然地選擇了做導演這一很有前途的職業，後來他就拍出了電影界超級經典的巨片《春樓十八妹》。他的名氣也比他踢足球時更加響亮，成爲了世界最著名的導演之一。而我們這部電影的導演和著名導演王精衛都是他的關門弟子，並稱爲南王北賈。他們都有一個非常相似的共同點，就是不寫劇本，給演員最大的自由發揮的空間。這才能顯示我們演員的自身功力和對表演的把握能力，對著劇本照本宣科的演員永遠都是模仿者而不是創造者，我們應該努力的成爲創造者而絕非模仿者，創造、創造、創造……」

「創造、創造……」所有的演員都與我一起振臂高呼，這樣的場面好感人啊，真彷彿置身在直銷大會的現場！

## 九月十六日

經過了幾天的準備，電影終於開拍了。原來拍的是「西遊記」，我演孫悟空，寶釵演觀音，黛玉演唐僧，本來大傻是演八戒的，可是後來他卻不辭而別，後來在回劇組的路上看到他七孔流血，不醒人事。原來是我奶奶哭鬧著非要演一個角色，後來只好答應她的要求讓她演嫦娥。

由於沒有劇本，大家只好自由發揮了。

第一場是拍唐僧收悟空。

話說五百年前，孫寶玉爲了一個女人不惜打上天宮，後來被他的情敵如來壓在五行山，一壓就是五百年，還用了一條超級惡毒的咒語壓住了五行山，正是：誰敢動我的女人，這隻臭猴子就是下場！

這時候寶釵飾演的觀音出場了。

我一看到不耐煩地說：「觀音姐姐，你每個月都來……」

我還沒說完，她就說：「你真討厭，又不是只有我一個人每個月都來，每個女人每個月都來的嘛。」

「你說的什麼啊，我說的是你每個月都跑來看我，煩不煩啊。」

寶釵又說：「討厭啦，這麼快就嫌人家煩啦，想我對你一往情深，沒想到竟然惹你煩惱，真是冤啊，我比竇娥還冤啊！」

寶玉：你有完沒完，趕快說正事，把兒女情長放在一邊先。

寶釵：好的，我今天來一是看望你，表達我的思念之情，更重要的是來告訴你一件好事的，儘管這件事情對於我是一件無比糟糕的事情！

寶玉：是不是要放我出去啊，否則免談。我最近日理萬機，繁忙異常，宇宙禽獸教育基金會邀請我做形象代言人，我只是掙點小錢嘛，觀音姐姐不會這麼不給面子吧！

寶釵：啊，不會吧，你現在不是被壓在大山下面嗎？怎麼做形象代言人啊？

寶玉：哼！大山？要不是怕如來跟我爭的女人來煩我，我早就跑到城裡去了。再者我在別處還沒有找到合適的住處，大觀園裡太吵了，出去開房又不安全。聽說到處掃黃呢，這裡山清水秀，又有觀音姐姐時常惦記我，所以我就白天出去上班，晚上回來睡覺了。

寶釵：哦，原來是這樣啊。咦，那你今天爲什麼沒有上班呢？

寶玉：今天是動物保護協會法定的動物節，給我放了一天假。

卡，導演突然打斷了我們，原來是我老爸給他打電話說是趕快回家打麻將，三

缺一。於是他就說今天收工，明天接著繼續，說完就趕回賈府去了。我這才發現黛玉悶悶不樂，我問她怎麼了。她說：「你們打情罵俏去吧，剩下我這可憐的，沒人疼的，哼，你們都別理我，讓我去死算了。」

我說：「你千萬別啊，等我……」

黛玉這才破涕爲笑了，看她的表情好像給寶釵示威呢，意思像是——看到了吧，寶玉還是心疼我的。

不一會兒，我跑過來了，遞給黛玉一根繩子，說道：「用這個吧。」

黛玉昏了。

## 九月十七日

一看賈珍老哥就知昨天沒睡好，眼圈黑黑的，要不是他今天打了彩色的眼影，誰都知道他昨天縱慾過度了。

過了一會兒看到我老爸氣急敗壞地來了，原來是他昨天輸了幾千兩給我大哥，他今天借了五百兩回去。

我們繼續開始拍，但是我大哥已經呼呼地睡著了。

我想這可能是電影史上唯一演員在演而導演已經呼呼大睡的電影。就憑這一點就很有噱頭啊，看來我要紅了。不過還好演員都到位了，繼續：

寶玉：觀音姐姐，你今天來到底是要告訴我什麼呢？

寶釵：哦，你先不要著急嘛，事情總是要一件件說，一件件的解決嘛。正所謂：心急吃不了臭豆腐……

寶玉：卡，觀音姐姐，我能不能打斷一下。我好像聽說是心急吃不了炸豆腐啊，怎麼能是心急吃不了臭豆腐呢，沒道理啊。

寶釵：哦，那你說炸豆腐有什麼道理呢？

寶玉：哦，這個炸豆腐就說來話長了，我吃過的炸豆腐有中式炸豆腐，泰式炸豆腐和日式炸豆腐三種。

泰式炸豆腐極具鮮香及營養，它的做法是這樣的，要有實豆腐三塊，炒脆花生二兩（約八十克），油約六百克，水四分之一杯，糖一湯匙，青檸汁二茶匙，紅椒粒一茶匙。然後要採用酸甜汁煮法：水煮滾後放入糖，慢火煮成漿狀、加入青檸汁、紅椒粒即成。再把炒脆花生用刀壓至細碎。實豆腐用鹽四分之一茶匙抹勻，壓去水分，切條，放入滾油中，大火炸至金黃色，撈出，去油。炸豆腐上碟，灑上花生，拌或蘸酸甜汁進食。

另外還有個小祕密可以告訴你，嘿嘿，青檸汁可用檸檬汁代替，花生放鑊中慢火炒香，除去花生衣，即成炒脆花生。

日式是這樣的，首先是原料，要有板豆腐或中華火鍋豆腐，醬油一杯，日本味淋半杯，清水四杯，白細砂糖半杯，生薑(磨成汁)少許，白蘿蔔（用果汁機打成泥）海苔絲少許，低筋麵粉少許……

寶釵：你有完沒完，這是在拍西遊記啊，你以爲是中華美食天地啊。臭寶玉。什麼泰式、中式、日式的，我聽都沒聽過，我倒是聽說過中式保健、泰式按摩、日式推拿、歐式推油還有玉女騎式……

「哦，寶釵妹妹，你還會這些啊?來，給你賈哥整個全套的。」

赫，原來是我大哥厚顏無恥地跑了過來，拉著寶釵給他按摩去了。後來在場的男演員都要求寶釵按摩，所以今天就沒有再拍了，整個開了個按摩專場。甚至連掃廁所的張大爺也來了個玉女騎式。他最後都哭了，他太感動了，他覺得，他是世界上最幸福的清潔工！

## 九月十八日

昨天整個片場都在按摩，電影又被擱置了下來。我心想這樣下去可不行啊，三天連第一幕都沒拍完，那還有什麼搞頭啊。大哥就會糟蹋錢，看來今天要抓緊了。

還是接著昨天的拍，只見寶釵妹妹從粉紅色的小肚兜裡掏出一個小本子，開始念道：「各位來賓、先生們、女士們、家鄉的老少爺們，今天把大家叫到這裡，不是來看電影的，更不是來發紅包的，我們是來批鬥一個人的。當然了，說他是一個人也不是很準確啊，因爲他是介於人與獸之間的一個東西，據我分析，他極有可能是人與猴子雜交產生的結果。當然我們也不能排除他可能是一些可憐的無辜女子在神祕的神農架留下的孽種。說起這個神農架，還確實是個度假旅遊的好地方，它是中國東部最大的原始森林和國家級自然保護區，全區面積三千兩百五十平方公里，以其奇特的地貌爲我們呈現出一幅古老的風景畫面。相傳神農氏（炎帝）曾在這裡嘗遍百草，爲民除病，由於山高路險，他不得不搭架攀山採藥，因而人們稱這裡爲神農架。神農架現存有一千餘種樹種，其中包括距今一到八千萬年以前第三世紀的珍貴孑遺樹種。五百七十種野生動物中還有少見的白化動物，如白熊、白蛇、白鹿、白猴。所以這裡被譽爲華中林海和天然動植物園……」

# 大觀園之電影傳奇

「我有個問題不知道能不能問一下，就是我想知道那個野人是什麼東東？」我忍不住問道，「你還別說，我對這個東東還蠻感興趣的。」

「變態，竟然對野人感興趣。不過寶玉這個問題問得好，非常有創意。這件事情是這樣的，四十多年來曾經有兩百餘人在這裡親眼目睹過野人並引起了科學家和人們的好奇心。去神農架可進行冒險旅遊、科學考察旅遊、修學旅遊等。也許您有機會碰到野人的出現。所以神農架是您休閒度假，放鬆娛樂的不二選擇。」

「你怎麼對神農架這麼熟悉啊？」我奇怪地問道。

「哦，忘了告訴大家，我現在兼職神農架旅遊團解說員，我的電話是3838438。有想去神農架的朋友可以和我聯繫。」

……

還是繼續拍電影吧，剛才又浪費了一些底片。

寶釵妹妹繼續說：「我們要批鬥的這個非人非畜，半人半猴的妖怪就是孫悟空，性別男。因五百年前申請加入天庭哈哈黨，遭到組織的拒絕，理由是歷史記錄空白，家長政治歷史無從考證。其實這猴子又豈能不明白，還不是被哈哈黨的頭子彌勒佛給卡住了。這個原因說來話又長了，猴子其實沒有得罪彌勒佛，他得罪的是如來佛，而如來佛又和彌勒佛是拜把，而猴子又和如來佛搶女人，所以彌勒佛就壓制他。猴子一怒之下鬧上天宮，沒想到被如來佛給壓在五行山下，現在我們就要批鬥他，感化他，並表決一下是否給他重新做人的機會。」

這時候有些同志就發言了：「哈哈黨作爲天庭第一大黨，就必須要有很高的思想覺悟和政治素養才行，這隻臭猴子看樣子是絕對不行地，首先牠的外型就不過關，有損組織形象嘛。」

「我的外型怎麼了？」我禁不住問道。

「這還用說嗎，要入哈哈黨最少長得要和我們的偶像孫南差不多。」

啊！孫南？求求你們了，都是我的錯，要是我比孫南還醜我情願去死。

哦，這時候又有人說了：「猴哥，你誤解我們了，我們的意思不是說你長得沒他帥，而是說你沒有他那麼醜還敢出來顯眼的勇氣和無數次整容無數次失敗的執著精神。」

是啊，這句話說到了我的痛處，這不正是我的缺點嗎？我一直認爲自己是一塊石頭，所以以爲自己很堅硬，很剛強，不需要毅力這種東西來支撐我痛並快樂著的一生。但是就是這句話點中了我的要害，提醒我不要忘記了水滴石穿的典故，告戒自己，有時候人就是毀在自己最得意的地方，因爲愈是自負就愈是隨意，往往在通往未來的大道上迷失了自己。就像在哈哈鏡中看到的自己，雖然那還是我們自己，

卻早已面目全非。哦，不好意思，又忍不住抒情了，還是回到電影。

你別說這些群眾演員還是非常敬業的，他們就是投個票還搞得非常認真啊。最後經天竺地區街道辦事處、計畫生育委員會、衛生所、防疫站、水電局、物管處等三十多個部門的一千多名群眾的積極參與表決，以及退養所、養老院的全體大媽舉手表決，一致同意給我一個從新做人的機會，但是要讓我做一件事情。

我就說嘛，那有這麼好的事情，肯定是有條件的。

現在社會，哪有不講條件的事情。沒有社會懸賞，誰會去舉報違法亂紀的事情呢。讓我們記住偉大的哲人魯迅先生的遺言：這個世界，沒有永遠的朋友，也沒有永遠的敵人，只有永遠的利益。

於是我問道：「不知道讓我老孫做何事情，快點速速道來。」

原來讓我陪唐朝一個尼姑去西天取經。但是她一個女兒家獨自上路多有不便，於是女扮男裝，剃了頭髮，化名唐三藏，何爲三藏呢，就是取意她藏名藏姓又藏起自己的女兒身，於是叫做三藏。所以後人稱呼她是唐三藏（ㄗㄤˋ）是錯誤的，她應該叫做唐三藏（ㄘㄤˊ）。這先暫且不表，還是來說正事，「如果我不從，怎麼辦？」我說道。

沒想到我的話音一落，幾千群眾就群情激昂起來：「什麼？不從？你一不從我們就情緒失控，心煩意亂，直接導致內分泌紊亂，說不定會拉坨屎在你頭上，甚至還要禁止你閱讀超級經典的小說《賈寶玉日記》，這對大家都不好嘛。」

我一聽連忙陪笑：「大家何必這麼當真呢，我只是隨便說說，犯不著這麼嚴格吧。還禁止我看《賈寶玉日記》，那簡直禽獸不如，還不如殺了我算了。這本書是現代青年的必備讀物，記住我們的口號：寶玉日記拿在手，走遍天下都不愁。」

這時候旁白出現了：打雷啦，下雨，大家收衣服啊……

只見遠處一個鬼魅的身影風馳電掣般地飛奔而來……

這時候寶釵說道：「那個尼姑，哦，不是，是和尚來了，你要好好保護她上西天啊。不過孫悟空你這個死鬼給我記清楚了，不許跟她有一腿啊，長路漫漫，你們一個乾柴，一個烈火，但是還是一定要控制、控制、再控制，要不然奴家怎麼辦呢？」

說著她竟然嗚嗚地哭了起來，可能是因爲知道和尚是由黛玉扮演而心存嫉妒吧。本來她堅持要演唐僧的，這樣就能和我踏上漫漫征程，就算是旅行渡假了。爲這個事情她還和我大哥賈珍鬧了幾天彆扭，最後我大哥答應把主題曲《人猴情未了》給她演唱，她才勉強同意不搶林妹妹的戲了。

我一看她竟然哭個不停，只好一腳把她踹出鏡頭，以示對她的理解和承諾。

結果沒想到，我踹得太狠了，把自己的腿給踹抽筋了，而且還有點拉傷，非常嚴重。寶釵從地上爬起來連忙打了一一九，並且不停地跟我道歉。雖然她很讓我失望，但是看她誠懇的樣子，我還是原諒她了，人非聖賢，孰能無過呢，就原諒她吧，我這個人就是太寬容了，我想這和我石頭率真的本性有關。

## 九月十九日

昨天因爲我的受傷只好停拍，今天繼續。終於拍到林妹妹出場了。噢，我的達琳，我想死你了。

第二幕開始了，黛玉飾演唐僧。

只見她一步三扭地晃了過來，還沒走到跟前，就聞到一股清香撲鼻而來。她的舉手投足、一笑一顰無不透著青春少女的特有氣息。真是絕色美女哪裡尋？路人遙指林黛玉。

黛玉：哎呀媽呀，真累銀啊，不知道是取的什麼破經啊，到這噶噠找個死猴子有什麼用啊，怎麼不見銀啊，按造地圖的指示，應該就是這噶噠呀？

寶玉：哎，我說這個東北尼姑，哦，不是，我說這位東北大師啊，你踩到我的手啦！還有，您講普通話行嗎？我也沒聽說過唐僧是東北人啊。

黛玉：哦，當然可以啊，我還真不習慣東北話呢，我一直以爲唐僧是東北人呢。

寶玉：爲什麼啊，唐僧祖籍新疆，好像是哈薩克斯坦族。

黛玉：是嗎，但是書上不是記載他最喜愛的演員是趙本山，最喜歡的食物是豬肉燉粉條，我就以爲他是東北人了。

寶玉：我還喜歡吃麥當勞，你怎麼不說我是美國人啊。看來觀音是對的，像你這樣的智商，一個人是到不了天竺的……

黛玉：哦？你也認識觀音？這個賤人竟然搶先一步，哼，跟我搶男人，簡直是螳臂當車，不知死活。她就是那隻愚蠢的螞蟻，而我就是不可戰勝的大象。

寶玉：哦，此話怎講？

黛玉：你沒聽過這個典故啊，這個典故原記載於《金剛經》。說一隻螞蟻被一隻大象欺負了，心裡很不服氣。於是有這麼一天牠就躺在大路中間，然後伸出自己的小腿橫在路中間，有人覺得很奇怪就問牠：「小螞蟻啊，你幹嘛呢？」牠陰險地嘿嘿冷笑了幾聲，說道：「我等大象呢，等著讓牠絆上一跤。」

寶玉：哦，是這樣啊，那最後結果怎麼樣呢？

黛玉：天啊，你不會連這個都聽不懂吧，結果當然只有一個，就是那個問螞蟻的人偷偷把消息告訴了大象，大象就繞路走了啊，笨蛋。

寶玉：哦，是這樣啊，對了，你到這裡做什麼？

黛玉：我是來找人的。

寶玉：找誰？

黛玉：一個名叫孫悟空的猴子？不知道你聽說過沒有。

寶玉：哦，找他啊，看，這是我的名片。

黛玉：哦？賈寶玉，北京跨世紀收購股份有限責任公司董事長，高級造價師，業務範圍，收購廢鐵、廢紙、廢啤酒瓶、罐頭瓶……

寶玉：不好意思，不好意思，拿錯了，再看。

黛玉：孫悟空，廣告專業戶、各類動物用品形象代言人（兼職），高級美容師。你也叫孫悟空啊？那可真是太巧了，那你一定知道這附近有個和你同名同姓的人吧？

寶玉：你用腳後跟、腳指頭、腳底板換著想也該想得到我就是你要找的那隻猴子了吧？我是被壓在了山底下了！

黛玉：哦，是這樣啊，你不會是在騙我吧，你別以爲我是低能兒，你看我的外表也看得出我絕非等閒之輩啊。

寶玉：那就恕我直言了，如果我沒有看錯的話，閣下確實是一個——低——能——兒。

黛玉：啊，這也被你看出來了？請允許我叫你一聲，大哥哥。我要不是低能兒，誰吃飽了撐著幹這破活？那你真的是孫悟空？

寶玉：當然是真的，如假包換。

黛玉：哎，現在這個世道難說啊，連處女都有假的，真遇到了假貨，怎麼換啊。再說，你這個防僞也做得太差了，造型也比較失敗，哪裡像隻猴子，我看比較像蝸牛或者是烏龜嘛。

寶玉：好了好了，廢話不要多說，我不是被壓在山下了嗎？所以造型上是可能差了一點。你現在馬上到山頂把上面的封條揭掉，我就可以和你一起去取經了。

黛玉：好的，你等著……

……

寶玉：喂~~~~~~~你在幹什麼，找到了沒有？~~~~~~~~

黛玉：找到了~~~~~~~~~可是我不知道哪個才是啊？~~~~~~~~

寶玉：上面貼了多少條子啊？

黛玉：很多啊！「要想富，少生孩子多種樹」、「一人結紮，全家光榮」、「人死債不爛，父債子來還」、「不娶文盲妻，不嫁文盲漢」、「敬愛的社會各界朋友，歡迎你們帶著你們發情的母牛前來配種！」……

寶玉：對對對，就是配種的那一張。

黛玉：好了，我已經揭下來了。

寶玉：好的，那你躲遠一點先。

咯噔咯噔……（高跟鞋遠去的聲音）

天，黛玉妹妹竟然沒換鞋，不就穿了個名牌高跟鞋，用得著這樣嗎？

寶玉：再遠些……

咯噔咯噔……

寶玉：再遠些……

黛玉：寶玉哥哥，不能再遠了，再遠就到澳門了，這裡還有個標語寫的是：違法越界觀光，小心子彈掃光。

寶玉：哦，這樣啊，那行了，就在那裡吧，把你的頭護好，俺老孫要出來啦！

……

黛玉：咦？就這樣出來了啊，沒勁死了，連山都沒有倒，我還以爲要大肆地爆炸一陣子呢，你瞧，我還帶了最新款的安全帽，你怎麼就出來了？

寶玉：你有病吧，我只是從山洞裡面爬出來而已嘛，炸什麼山啊？你從山洞裡往外爬還要把山弄倒嗎？

黛玉：你是爬出來的？那幹嘛讓人家跑那麼遠嘛，討厭死了，哼！

寶玉：哦，這個事情是這樣的，我怕我爬的樣子不夠帥，影響我在你心目中的形象，所以讓你走遠一點，以免你看到我爬出來很糗的樣子。

黛玉：哦，原來是這樣啊，那麼那個封條是？

寶玉：走走形式嘛……其實封條早就過了保質期了，剛貼上三天就壞了，我就能夠隨便進出了，也沒有人來管，我找了天庭質管部的人，他們說應該歸售後部管，我又去找售後部，他們又說應該找維修部，修不好了才能找售後部，我又去找維修部，他們說只有質管部下了維修單，他們才能負責維修，於是我只好又去找質管部，質管部的又說只有售後部下了質管單，他們才能下維修單，萬般無奈我又找到售後部，售後部的又說必須由維修部到實地看了故障發生的原因，排除人爲因素之後才能下質管單，沒辦法，我又來到了維修部，他們竟然說他們的技術員請產假回老家了，而老家又遭了洪災，她已經不知所蹤了……

黛玉：哦，原來是那一年的事情，那一年我老家也遭了洪災，幸虧有人幫助我們，我們才能回到我們的家園。我印象深刻的是當時滿街滿巷都是一條標語「洪水無情人有情」。

寶玉：是啊，列夫托而斯泰曾經說過：洪水並不可怕，可怕的是很大的洪水。

黛玉：抗洪的場面真是感人啊！你不知道，那人山人海，大人小孩哭成一片啊，美麗的家園被洪水淹沒，頃刻間，大家就一無所有了……

寶玉：我總是問個不休，你何時跟我走，可你卻總是笑我，一無所有……

黛玉：你幹嘛唱歌？

寶玉：哦，其實也沒有什麼特殊的原因，只是配合一下此刻的氣氛。

黛玉：還是說這個售後服務吧，這個我也有一些看法，也不知道成熟不成熟，還請在座批評指正啊。

你們兩個有完沒完啊，只見攝影師幾個大步衝上來就要暴扁我們，這個神經病不知道什麼病犯了，我們演得好好的他上來幹什麼！

## 九月二十日

昨天被我們那個攝影師一攪和，也沒有繼續拍成。他事後也非常後悔，說自己也剛剛從大學畢業，太衝動了，個性太強了，才會這樣。

聽他這麼說我也很理解，畢竟是年輕人嘛。於是我語重心長的告訴他：「一個剛剛涉足社會的年輕人最快適應社會的要訣就是忘掉自己的性格，要強迫自己成爲一個沒有性格的人。這個沒辦法，是社會規律，是我們整個社會的悲哀。阿門！」

他聽完感動得哭了，還從來沒有人對他說過這麼深刻的話，他撲到我的懷中非要給我獻一首歌，我推不掉，只好讓他唱。

他輕輕地抹抹眼淚，唱了起來：「快來使用雙節棍，汪汪汪汪……」

啊？不會吧，又是嘯天犬？

不容我多想，今天的拍攝又開始了。

黛玉從口袋裡取出一個鐵圈，讓我戴上。

我一看了便說：「你給我這個鐵圈戴在頭上，一不能遮體，二不能禦寒，三不能美觀。根本起不了什麼作用啊？」

黛玉一聽說道：「哪那麼多廢話？叫你戴上就戴上！」

我乖乖地趕緊把那個破圈圈戴上。

我剛一戴上，就聽見她嘴裡念叨起來：「吃葡萄不吐葡萄皮，不吃葡萄倒吐葡萄皮……」

突然我的頭像炸裂一般的痛，直疼的我在地上打滾。

這時候她獰笑道：「哈哈哈！你怕了吧？」

我一看她的笑容明白了，原來我中了她的道，急忙問道：「這難道就是江湖中失傳已久，被稱爲第八種暗器的「緊箍咒」？」

她接著說：「不錯，看來你還滿有學問的，我就喜歡有學問的男人。這緊箍咒你一經聽過，就會立刻上癮而無法自拔。一日不聽就會內分泌失調；兩日不聽就會周身潰爛；三日不聽就會氣血兩虧，就算吃了馬家莊製藥六廠生產的我愛一條柴口服液也救不了你了！」

我一聽頓時覺得天旋地轉，此時此刻，只有一首歌可以代表我的心情，在這裡，我要把它記下來，以此明志：你好毒，你好毒，你好毒毒毒毒毒……

黛玉：呵呵，正所謂無毒不丈夫，量小非君子！

寶玉：你這個毒婦人啊，真是害死我了，好好討厭啊，人家以後聽你的就是了嘛……死鬼，還弄什麼「緊箍咒」……

## 九月二十一日

廢話不說了，還是直接從這部電影開始吧。

拍電影好累啊，但是又好充實。我記得一位非常著名的哲人叫做葉青的曾經教導我說，一個人找到自己的方向遠遠勝過找到自己的理想。

我想我的方向我已經找到了，我從一塊石頭變成一個人，這裡面的辛酸又有誰能夠知曉。正所謂：滿紙荒唐言，一把辛酸淚。每個人到這個世界上來走一遭，一定不能碌碌而終，要不然你浪費那麼多的糧食和蔬菜，還不如去餵小豬呢。我的使命就是做一名演員，一名出色的演員。所以我在片場覺得非常充實，德華、朝偉他們也很罩我，都許諾無間道五將邀請我擔任一個重要的角色，看來我的表演已經逐步得到了業內各位行家的一致認可。

「寶玉，你想什麼呢？開拍了。」

哦，原來是黛玉叫我呢，電影繼續拍攝中……

黛玉：寶玉，我們不會就這麼走著去西天吧？

寶玉：有匹馬來著，早上不是牽給你了嗎？

黛玉：啊？就是早上那個啊，但是……但是好像是一頭牛啊，我以爲是牛魔王的道具呢。

「真受不了你，對了，我大哥呢？」我問攝影師。

攝影師：哦，老闆今天看股市行情去了，他沒時間過來，說是讓你們自己演，隨便怎麼演都行。

寶玉：不是這麼過分吧。算了，快去把馬找回來吧。

黛玉：好的，我這就去。

等待中……等待中……

終於……

不要激動，還是等待……

不知道等待了多少萬年，總之在場的人都去洗了個桑拿，吃了三碗麵，有的還加了兩個包子。這幫禽獸，肯定又是記我大哥的帳上。

終於……

還是不要激動，其實還是等待……

又不知道等待了多少萬年，所有在場的人都睡了又醒，醒了又睡。有幾個還去對面的怡紅院三趟，回來就不能動了。我真同情他們，又出去掏錢買罪受。不用說，又是記我的大哥的帳，誰讓他有錢呢！

終於……

誰往我臉上吐口水，哎呀，不是吧，怎麼還有磚頭扔上來，好了，好了，我求求各位大哥、大姐，不要扔了，饒了我吧，這會兒是真的來了。

只見黛玉香汗淋漓地跑了過來，說道：「這會兒是你錯了，我找了三個獸醫、五個動物研究院院士，通過DNA鑒定，你給我的確實是一頭牛，決非馬。給你，這個是檢驗單，共花費了三千兩銀子，我記了大哥的帳。」

哦，我狂吐鮮血！

「那怎麼辦啊？」她傻兮兮地看著我問道。

我一聽怒火狂飆：「你還能做點什麼？連隻馬都看不住，還莫名其妙地變成了牛！」

這時候出現了一個男高音，莫非是帕瓦羅鍋？他說：「你們兩個別爭了，其實馬是被河裡的小白蟲，哦，不是，是小白龍給叼走了！」

黛玉聽完興奮地說：「白龍？太刺激了，沒想到世界上還有會吃馬的小白龍，寶玉哥哥，你去給我抓來看看嘛，快嘛！」

「以後出門千萬別說你認識我啊，不就是只會吃馬的白龍嗎，有什麼好大驚小怪的，我還見過會吃螃蟹的青蛙呢，我說過嗎？什麼時候你才能見得了大場面啊？你等著，我下去抓他！」

黛玉聽我說完，馬上面若桃花，不能自制，嬌喘嚀嚀地斜靠著我身上說：「什麼？你游泳也行？太厲害了！你真是我的最愛，是我心中的偶像，來，波一個……」

這個三八，我只好對攝影師說先等一下，我就帶著黛玉進屋去了。

大約五分鐘，我們走了出來。

大家都很鄙視地看著我，真沒面子啊。

這時候，不知道寶釵從哪裡跑了出來，她一定是吃醋了，她說：「五分鐘能做什麼啊，他們一定是清白的，我相信寶玉，他是最愛我的。」

謝天謝地，幸虧她出來給我解圍，我早就說先不要出來，黛玉非要急著出來。

「哼，誰說的，」黛玉挺著胸脯說：「我們做了三次呢！」

啊，這次我糗大了……

## 九月二十二日

今天拍到小白龍出場了。

我一看，原來是徐錦江演小白龍，那林妹妹騎在他身上豈不是被他大吃豆腐。鬱悶啊！

白龍：你就是東土來的尼姑，哦，不是，是和尚？

黛玉：正是。

白龍：師傅！

黛玉：誰？我？這位哥哥不是認錯人了吧！

白龍：沒錯，美女，就是你，是觀音姐姐讓我在這裡等你的。

黛玉：哼，又是這個賤人。你是哪個部門的？

白龍：我本是東海海底世界遊樂場董事長，就是東海龍王的三公子，和楊斯敏自由戀愛呢，沒想到我馬子背著我又吊了一個凱子，說起這個凱子，你們也認識，就是吳孟大。雖然他長得比我帥，但是我對她的感情很真啊，我想偷偷情也就算了，沒想到這一對狗男女竟然還在我和她的新婚之夜私了奔！我一氣之下砸了洞房，順手一把火燒了幾張蚊帳，沒想到裡面捲著天庭娛樂股份有限責任工資老總——就是玉皇大帝送來的十塊錢。玉皇罰我說繞口令，我不會，他就把我貶到這裡了！

我一聽連忙問道：「什麼是繞口令啊？」

白龍：就是「出南門往正南，有一個面鋪面向南，面鋪掛著藍布棉門簾，摘了藍布棉門簾，還是個面鋪面向南。掛著藍布棉門簾，瞧了瞧，哎，還是個面鋪面向南」。

黛玉：哦？你說得不是挺好的麼？

白龍：廢話，我已經在這裡練了五十多年了！

黛玉：原來是這樣，不如我來教你一個新的。「你會糊我的粉紅活佛龕來糊我的粉紅活佛龕，不會糊我的粉紅活佛龕，別混充會糊糊壞了我的粉紅活佛龕」。

「什麼什麼破佛破糊的？再說繞口令，我可要發飆了！」我說。

## 紅樓夢原文賞析

那一日正當三月中浣，早飯後，寶玉攜了一套《會真記》，走到沁芳閘橋那邊桃花底下一塊石上坐著，展開《會真記》，從頭細看。正看到「落紅成陣」，只見一陣風過，樹上桃花吹下一大斗來，落得滿身，滿書，滿地，皆是花片。寶玉要抖將下來，恐怕腳步踐踏了，只得兜了那花瓣兒，來至池邊，那花瓣浮在水面，飄飄蕩蕩，竟流出沁芳閘去了：回來，只見地下還有許多花瓣。寶玉正踟躕間，只聽背後有人說道：「你在這裡作什麼？」寶玉一回頭，卻是黛玉來了，肩上擔著花鋤，花鋤上掛著紗囊，手內拿著花帚。寶玉笑道：「來得正好；你把這些花瓣兒都掃起來，撂在那水裡去罷；我才撂了好些在那裡了。」黛玉道：「撂在水裡不好。你看這裡的水乾淨，只一流出去，有人家的地方兒什麼沒有，仍舊把花糟蹋了。那畸角兒上，我有一個花塚：如今把她掃了，裝在這絹袋裡，埋在哪裡，日久隨土化了，豈不乾淨。」

# 第九章 大觀園金融風暴

今天是讓人難以相信的一天，賈府的股票狂跌。我們家一夜之間從家財萬貫變得負債累累。全府上下一片哀號之聲，真是月有陰晴圓缺，人有旦夕禍富啊。

我老爸和大哥兩個最愛炒股的人相視無言，抱頭痛哭。我當時就告訴他們，炒股不能盲目，要冷靜，要科學。我自創的「黯然銷魂法」絕對是炒股之寶，結果他們都不以為然，現在追悔莫及啊。

## 九月二十三日

今天是讓人難以相信的一天，賈府的股票狂跌。我們家一夜之間從家財萬貫變得負債累累。全府上下一片哀號之聲，真是月有陰晴圓缺，人有旦夕禍富啊。大哥的錢也全賠了，電影的拍攝只好中斷了下來。

我老爸和大哥兩個最愛炒股的人相視無言，抱頭痛哭。場面真是感人啊。但是同情歸同情，我還是忍不住要責怪他們。

我當時就告訴他們，炒股不能盲目，要冷靜，要科學。我自創的「黯然銷魂法」絕對是炒股之寶，結果他們都不以爲然，現在追悔莫及啊。

炒股票的唯一目的無非就是希望能多賺錢，而多賺錢的途徑就只有在各個時間段內都能抓住大漲的黑馬，說到這裡，人們都會說，想抓住能大漲的黑馬太難了！的確，如果不難，炒股票的人恐怕都發大財了，難是難，但你要記住一點：股價是波動的，波動必定是有規律的，這就是永恒的真理！任何人都不能否定它，懷疑它。

本人經過多年的實盤操作，潛心研究，反覆鑽研每個大漲的黑馬個股，發現了黑馬個股諸多的共同點，而且可以用多種特定的模型表示出來，這些多種特定的模型可以用於分析家軟體的測試平台當中，由於黑馬個股有諸多特點，所以不是一、兩個條件選股公式就可以表達出來的，所以我們採用「拉手」——「擁抱」——「接吻」——「上床」這樣四個步驟來達到目的是絕對可靠，屢試不爽的。

我給這種方法起了個名字叫「黯然銷魂法」，說它「黯然」是因爲這種方法很憂鬱，它總是糾纏在幾匹大馬之間不知怎麼去選擇，當然好就好在絕對不會漏掉一隻大黑馬，說它「銷魂」是因爲整個過程量化、科學，不含任何經驗值，用這種方法不論大盤向好、向壞、還是振蕩市，所選出的黑馬絕對是黑馬中最黑的黑馬。而那些小黑馬簡直就不值得操心！

另外用這種方法選出黑馬的時間比任何條件選股公式出擊的時間都提前一到二天，這是任何條件選股公式都無法做到的，而它選股的勝率之高更是令人歎爲觀止。誇張一點說勝率可達百分之百，實事求事地說可以達到百分之九十九，一切黑馬盡在你的掌握之中，可以毫不誇張地說：「黯然銷魂法」在未來的數十年乃至數百年裡仍將雄霸股市、期市，無論在國外還是國內都一樣適用！

如有需要的朋友請與我聯繫——

電話：87654321

QQ：12345678

週末請勿打擾，因爲我已經休息了。

## 九月三十日

最近一段時間，大家的心情都不好。這種氣氛也感染了我們這些年輕人，以前我們也經常黯然神傷，但現在，我們才明白我們那是「少年不識愁滋味，爲賦新詞強說愁。」不用說了，毫無疑問，我們是一群少年懷特。

我總是在這種時候想起我的兩位兄長，是他們讓我來到了人間，嘗盡了這人間人情溫暖，情重義長，更有那人情淡薄，世態炎涼。

我懷著無比惆悵的心情漫步在賈府絢爛多彩的花園內，但這景象再也不像以前那般迷人，那般美麗。似乎連花兒都爲賈府的衰落而感傷，花瓣翩翩落下，好似花在落淚。

正走著，突然一幕景象深深地打動了我：我心愛的林妹妹正蹲在沁芳橋旁的花叢之中，飽含著淚水，將一些花瓣撒入一個土坑中，然後又用細土把它們埋葬。啊，多麼淒美動人的一幕啊，黛玉她在——葬花。

我悄悄走近她的身旁，輕輕地把她擁住，多麼善良的女子，多麼讓人愛憐啊。

## 十月一日

今天是國慶節，賈府雖然日趨沒落，但是俗話說得好，瘦死的駝鳥比雞大，所以整個賈府依舊是張燈結綵，生怕冷落了門庭。

中午大家還一起吃了個午飯。吃飯的時候，大家都不怎麼說話。是啊，昔日風光無限的賈府現在大不如前了，家丁也由以前的三千變成現在的兩千九百八十九了，據說那十一個家丁組了個足球隊踢職業聯賽去了，收入比在賈府高了許多。真替他們高興啊。

但是很不巧的是我們最好的廚子正好是這十一個人中的一個，結果今天的菜吃起來都怪怪的。只有一道菜看起來還不錯，只是看不出做的是什麼東東。

襲人的嘴最饞了，她二話沒說就夾起一塊大嚼起來，一邊嚼一邊高聲讚美：「哇，簡直太好吃了，就是滿漢全席也難抵這一道菜啊，真是色、香、味俱全，真是此菜只應天上有，人間哪得幾回吃啊！」

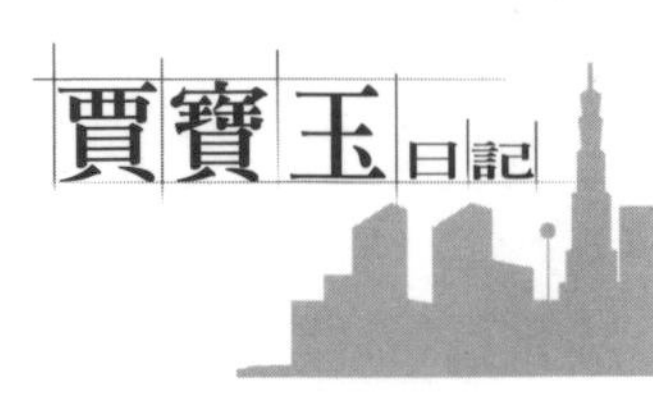

寶釵一聽，連忙也夾了一大筷子扔在嘴裡大嚼起來。

這時候突然見襲人狂吐不住，大喊道：「真是太噁心了，這是我吃過最噁心的菜，天啊，幸虧我忍住沒吐出來，才又騙了一個，要不然就我一個人吃這難吃的東西豈不是鬱悶死了，哈哈哈哈哈！」

「禽獸！」我們異口同聲地罵。

只見寶釵面部表情僵硬，強忍著嘔吐，臉都憋紫了，說道：「果然是好菜，太好吃了，我從來沒吃過這麼好吃的菜，來，大家也試試，別客氣啊！」

還想騙，好無聊，懶得理她，我們全部出去放鞭炮了……

## 十月七日

整個國慶長假我都沒寫日記，今天寫一點吧。

想了半天，也沒什麼好寫的，就出兩個謎語吧：

一、什麼屁不是放出來的？

二、什麼叫歐元？

知道答案的朋友請將答案發到郵箱：biantai@363.com

我將有精彩的禮品派送哦，大家走過路過，千萬不要錯過啊。

## 十月十四日

哎，事情的發展總是出人意料，也許我當初投胎沒有考慮清楚，現在落得這樣的下場。我已經習慣了有錢時候大手大腳的日子，現在突然蕭條起來，我的零花錢也變得很少，讓我很不適應。沒辦法，我只好找個工作來做做，賺點零用錢花花。

我先後找了幾份工作，都不是非常滿意。最後我只好在一家雜誌社當兼職記者，這家雜誌社的名字很奇怪，竟然叫《仇人》。他媽的，就這麼個爛工作都來得很不容易呢，是託關係，走後門，想盡了一切辦法才混進來的。

說到走後門，多虧我投胎那時候去天庭走關係跟我兩位兄長學了幾招，要不然還真有點摸不著門道。就比如說我找他們社長，她說他們雜誌社人夠用了，不再需要人了。沒辦法，我明白她的意思，不就是要錢嗎。

第二天，我就把準備好的三百兩銀子送到她家去，結果被退回，說是只收歐元。歐元是個什麼東東啊。後來查了《四庫全書》才知道，原來歐元是一種印著歐陽峰頭像的銀元。

這件事情說來就話長了，當年華山舉行世界友好運動會，歐陽峰憑藉他賴以成名的蛤蟆功勇奪吹氣球比賽的冠軍，這個壯舉轟動了世界。

可惜的是他和範進犯了同一個毛病，瘋掉了。所以後來就有人說是他的名字取得不好，不應該叫歐陽峰，因爲峰和瘋諧音，所以他才會瘋掉，這是後話，暫且不提。

不過有興趣了解姓名學的朋友可以到我這裡諮詢，我曾經苦心鑽研了三天半，研究出了姓名和命運的內在聯繫，您想知道你的名字會給您帶來什麼樣的命運嗎？請來電詢問。

還是繼續說歐陽峰吧，他瘋了之後，國人爲了紀念他爲中國體育事業作出的巨大貢獻，就把他的頭像印在銀元上做爲流通貨幣使用。人們就稱之爲歐元。後來我就想辦法找到這種銀元，但是我看頭像怎麼都不像歐陽峰，倒像是賓拉登，後來才知道歐陽峰原來是賓拉登的偶像，他是照著歐陽峰的造型整的容，難怪呢。

## 十月十七日

今天是我在雜誌社做的第一個專題訪問，是採訪一些家庭的性生活品質問題。這個問題是很有必要的，很多家庭的破裂就是因爲性生活不和諧造成的，而且性生活品質已經取代了人們物質生活和精神生活品質成爲人類第一大追求。所以我們做這個專題是迎合大時代的需要，是適應社會大環境的需要，是提升人類進化速度的需要，它是保證社會穩定的武器，是解決家庭矛盾的祕方，是了解現代人生活狀況的依據，是成人小說作者的靈感源泉……哦，不好意思，說出真話來了，不過被採訪者有獎金和小禮品發放哦。我心想，肥水不流外人田，一家人不說兩家話，不能大水淹了龍王廟，自己人打自己人，更不能做親者恨，仇者快的事情。再說了，俗話說得好，不到長城非好漢，人不風流枉少年。

於是乎，我就找了我大哥、大嫂、尤二姐和劉姥姥四個人來做採訪。不過對外宣稱都是隨機選的。哎，現在什麼都是搞假，我也沒有辦法。這不，前陣子，我買了一輛跑車，後來沒開幾天散架了，去修理廠拆開一看，原來是兩輛永久牌加重自行車改造的。

閒話不提，還是說採訪吧。我假裝和他們不認識，採訪就開始了。

第一個問題：請問您們對自己的性生活狀況還滿意嗎？

只見我大嫂先回答：「還可以啦，馬馬虎虎，就是時間太短了，每一次六個半小時……」

「啊，這還短啊！」現場騷動，大家都用羨慕與欽佩的眼神注視著我大哥。

我大嫂接著說道：「你們別吵啊，我還沒說完呢。六個半小時我才能追他追過十三條街，跨過五條河，翻過兩堵牆，抓他回來做一次，一般都是三分鐘……」

「啊！」眾人驚呼。

我一看這種情況，連忙出來打圓場，說道：「還是請尤三姐說說吧。」

只見她淡淡地說：「時間倒還行，就是覺得次數太少了，一天要是有三千次還差不多……」

我大哥這時候接口說道：「其實次數少也不要緊，我覺得問題的關鍵是人數太少了，總是兩個人，好枯燥啊！」

在場的人們都很詫異地看著他們幾個，一定是心想：這都是些什麼人啊？不會是沒進化好吧。幸虧我假裝和他們不認識，要不然真是臉都被他們丟光了。

## 十月二十二日

上次關於性生活品質的專訪失敗了。

因爲只問了一個問題，在場的人就有三個吐血身亡，最後只好被迫取消了剩下的採訪。這次給了我一個美差，去採訪一個勇敢深入賣盜版碟的大型據點，協助警方掃黃，一夜之間被眾人景仰的英雄。

我當然很高興了，決定給他來個獨家專訪。

「您能簡單介紹一下您是如何發現並如何想到喬裝打扮混入他們那個組織內部英勇無畏搗毀淫窩，淨化社會空氣，拯救世人靈魂的呢？」

「這件事情說來話長，來你先坐下，站在那裡幹什麼？像個守靈的。」

「噢，好的，對了，先說說您是如何發現那個販賣盜版的小販的？」

「不會吧，你到底是不是北京人，這還用得著發現麼？滿大街都是啊！北京別的不敢說，你敢說你沒買過？」

「我……先不說我了，還是說你吧。說說你買黃片的經過吧！」

「說起這件事我就氣大，您說我們消費者容易麼！我前些天在成人網站上看了韓國電影《色即是空》的介紹，那個女主角還真漂亮啊。」

「是啊，那個我也看了，哈哈，而且超級搞笑，可惜就是沒怎麼露。」

「那我管不了那麼多，能看一點是一點嘛，也不能太貪心。我在地下通道那裡溜了半天，才瞅準了一個戴眼鏡的，我看他那個樣子就夠色情的，肯定有這片。你還別說，他還真有，我二話沒說，立刻買了閃人。」

「嘿嘿，這會兒讓你得逞了吧，對了，那片怎麼樣啊？看得清楚麼？說說！」

「別提了，說來我就傷心。」

「到底怎麼回事？慢慢說。」

「那片我回家一看，您猜怎麼著？還真有不穿衣服的，是韓國三級片！」

「哈哈，那你豈不是賺大了。」

「那你是不知道實情。第一，片子效果超級差，一看就知道是幾百年前的老錄影帶轉刻的盤，畫面特粗糙，把人拍得跟狒狒差不多！第二，片子超級古老，我預計，拍這片的幾位韓國友人早已經入土爲安了。阿彌陀佛！」

「算了，不過話說回來，要是那女的漂亮也認了。」

「別提了，愈說愈傷心，那女的，比你還難看呢。」

「啊？」

「不是，大兄弟，我說錯了，她呀，沒你難看呀。」

「……」

「不是不是，你看我這嘴，你呀，比她難看呀。」

「你到底有完沒完？」

「大兄弟，不好意思，我傷你自尊了。」

「算了算了，還是繼續採訪，按你剛才說的，那確實是挺坑人的！」

「誰說不是呢？可把我氣壞了！我心想，不行，我是消費者！我要維護消費者的權利啊！」

「不會吧，您去告他了？」

「沒有，我想他有這老三級，一定有毛片，我就去強迫他便宜點賣毛片給我，嘿嘿。」

「禽獸！」我和攝影師異口同聲地說道。

我又問：「那到底買到了沒有？」

「別提了，他說他以前確實賣過黃碟，但是在二十年前有一次偶然的機會他遇到了一個得道高僧，得他點化，他就再也不賣毛片了，只賣D版。這部三級怎麼來的，他也不知道。」

「啊，他是不是叫郭靖？」

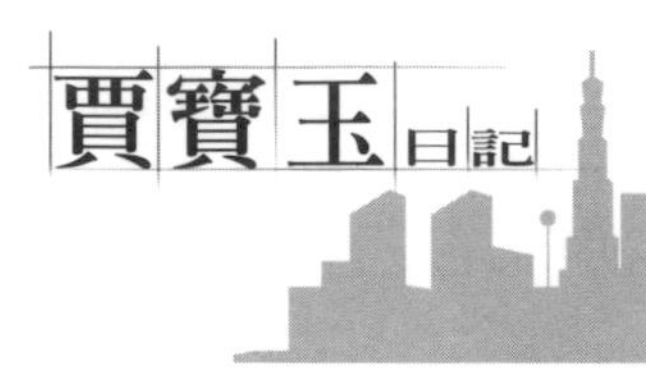


「是啊是啊，你怎麼知道的？你是不是在他那裡買過片子？嘿嘿，別裝了。」

「哦，沒什麼沒什麼，你繼續說……」

「我正準備海扁他一頓，沒想到他小子有兩下子，竟然把我給打了。」

「哦，結果怎麼樣？」

「我當然趕快報警啊，難道站在那裡等他打啊。」

「然後呢？」

「警察來了，問我，你是幹什麼的？我一指那個裝盤的包大聲喊道，隊長，不要開槍，是我，我是臥底，他是個賣黃……盤，毛……片的。警察過去衝著那賣盤的就是一巴掌：誰讓你小子賣毛片！那小子趕緊說俺沒有俺沒有啊！」

「警察說他買賣毛片，得有證據啊？不能憑光你一說呀！」

「這就是你們當記者的爲什麼總查不出事情真相了！警察哪像你這麼傻，他們迅速從兜裡掏出兩張影碟往那眼鏡包裡一扔：這不是毛片麼？」

「噢，原來應該這麼取證呀！長見識了！高，果然是高，不愧是高手高手高高手！」

「學著點吧！我想趁他們不注意順手摸一張回家瞧瞧，可惜讓警察叔叔給發現了，他攔住我的手，笑著跟我說：你立功了，但獎品不是這個，這個我還沒看呢，

你也太性急了點吧！」

「這就是您整個事跡的過程？」我幾乎快崩潰了。

「沒錯，隨後我平靜的生活徹底被他們打亂，大報小報的宣傳介紹，每天的大會小會，學校裡做報告，機關裡搞座談，忙死我了！」

「……」

不要攔我，誰也不要攔我，我要把他給殺了……

## 十月二十三日

昨天採訪了那個變態，鬱悶個半死，爲什麼現在這個世界會有這麼多無恥的人。他們什麼都不懂，還偏偏能人前人後的耀武揚威，而像我這樣的天才，竟然在這麼一個小小的雜誌社裡當記者。

人總是這個樣子，莫名其妙地就傷感起來。

我正在小河邊獨自傷感，突然聽到有人叫我。我回頭一看，原來是我老爸。他由於窮困潦倒，已經瘦得只剩下骨頭了，我真是難過啊。

我一邊招呼老爸在我身邊坐下，一邊問他：「老爸，你要多吃肉啊，怎麼都瘦成這樣了，身體是革命的本錢啊。」

我老爸聽我說完說道：「沒有，你誤解了，其實我最近是在減肥，效果很不錯啊，你看我，像不像周潤發？」

## 十月二十四日

夜幕降臨，華燈初上，涼風習習，我和黛玉、寶釵、晴雯、襲人四人坐在院中看星星。家族的衰落讓大家的心情都很沈重。

還是我先打破了這種沈默，我說：「我們的房子可能很快要賣了，大家有可能也要各奔東西了，今天機會難得，大家把以前做過的錯事都說出來吧，免得日後再也沒有說的機會。」大家都表示贊同。

我先說道：「其實，我很對不起你們四個，因爲我騙了你們，我說你們的身材好，其實那都是騙你們的，其實我最喜歡劉姥姥了，她的身材一級棒，讓人歎爲觀止啊。」

然後襲人也說了：「寶玉啊，事到如今，我也不能瞞你了，我一直說你是男人中的男人，男人中的極品，渾身充滿著男子漢的氣息是安慰你的，其實你有點娘娘腔，還偷摸我的指甲油。」

「……」

寶釵也說了：「還有啊，我說你英俊瀟灑，風流倜儻也是騙你的，其實你長得特別醜。」

「……」

我快要被她們氣暈了，晴雯又開始說了：「寶玉哥哥，你也不要太難過了，儘管她們說的全是實話……」

黛玉這時候挺身而出了：「你們怎麼能這麼說寶玉呢？難道你們都忘記了寶玉的種種好嗎？現在他沒錢了，潦倒了，你們就數落起他的不好來了。儘管他禽獸不如、卑鄙無恥、上廁所不沖水、經常搶小朋友的糖葫蘆吃，還有……」

後面她說了什麼我已經不記得了，因爲我暈過去了。

## 十月二十七日

原來她們都是有預謀的，沒想到她們竟然在我最困難，最潦倒的時候一一離去。我原來最以爲傲的幾個女朋友都離開了我，我一無所有了，我連僅剩下的一點幸福感也被剝奪了。

黛玉說她很喜歡我，但是我不能給她未來。

我很不想失去她，於是我想用我的眼淚留住她，我深情地對她說：「黛玉，看著我的眼。」

「什麼？」她茫然地問。

「眼淚啊，你沒看到我淚花閃動嗎？」我回答。

「哇，看到了看到了……」她激動地說。

「看到了吧，感動不感動？」

「好大一坨眼屎啊！」

「……」

寶釵嫌我沒有文憑，沒有知識。

襲人嫌我沒有個穩定的工作，沒有金飯碗，更別提房子、車子了。

晴雯主要是嫌我長得像李永。

說實話，嫌我沒錢我理解，我本來就沒錢了，但是說我長得像李永我確實不能接受，我就是靠這張臉混飯吃的，要是長得像李永這個狒狒我還怎麼混啊！

## 紅樓夢原文賞析

賈政料理墳墓的事。一日，接到家書，看到寶玉、賈蘭得中，心裡自是喜歡；後來看到寶玉走失，復又煩惱，只得趕忙回來。在道兒上又聞得有恩赦的旨意；又接著家書，果然赦罪復職，更是喜歡，便日夜趲行。一日，行到毘陵驛地方，那天乍寒下雪，泊在一個清靜去處。賈政打發眾人上岸投帖，辭謝朋友，總說即刻開船，都不敢勞動。船上只留一個小廝伺候，自己在船中寫家書，先打發人起岸到家，寫到寶玉的事，便停筆。抬頭忽見船頭上微微的雪影裡面一個人，光著頭，赤著腳，身上披著一領大紅猩猩氈的斗篷，向賈政倒身下拜。賈政尚未認清，急忙出船，欲待扶住問他是誰。那人已拜了四拜，站起來打了個問訊。賈政才要還揖，迎面一看，不是別人，卻是寶玉。賈政吃一大驚，忙問道：「可是寶玉麼？」那人只不言語，似喜似悲。賈政又問道：「你若是寶玉，如何這樣打扮，跑到這裡來？」寶玉未及答言，只見船頭上來了兩人，一僧一道，夾住寶玉說道：「俗緣已畢，還不快走。」說著，三個人飄然登岸而去。賈政不顧地滑，疾忙來趕，見那三人在前，那裡趕得上。只聽見他們三人口中不知是那個作歌曰：「我所居兮，青埂之峰；我所遊兮，鴻濛太空。誰與我逝兮，吾誰與從？渺渺茫茫兮，歸彼大荒！」

賈政一面聽著，一面趕去，轉過一小坡，倏然不見。

# 第十章
# 大觀園之青春殘酷物語

這一下我感悟了很多，這麼多的是是非非都是貪欲作祟。我安心地做自己的石頭多麼自在，多麼開心啊，為什麼要來這人間？都是因為貪圖榮華富貴、物質享受才會感受這人間的大喜大悲，聚聚離離……

## 十月三十一日

秋天就這麼一天天的遠去了，黛玉她們出國的出國，留學的留學。其實我也不怪她們，這是社會大環境嘛，隨她們去吧。賈府也是冷清非常，我突然有點想念我老爸，他在北京的幾家夜總會工作了幾天，生意很淡，結果被裁員了，說是因爲他長得太帥了，嫖客們由於自卑都不來光顧了，沒辦法他就離開了北京，也不知現在混得怎麼樣。我正一個人獨自感傷的時候，突然聽到我體內有個聲音說：「我們這些精神上無限而生命有限的人，就是爲了痛苦和歡樂而生的。幾乎可以這樣說：最優秀的人物通過痛苦才能得到歡樂。年輕人啊，你是不是覺得過，你的人生因爲缺少四個人，而再也難以完美了？」

另一個聲音說：「不啊，我覺得擁有自己才是最完美的，人最重要的不是擁有別人，而是完全的擁有自己。」

第一個聲音又說：「難道你覺得此刻的你是幸福的嗎？」

第二個聲音回答：「幸福有很多種，我想我擁有一種，有人覺得死亡是痛苦，

但是有人卻覺得很幸福，幸福有很多種，任何感覺都是自己給自己的，所以幸福這個詞本身是空的。空的出現永遠不能解決任何問題。」

第一個聲音又問道：「可是我們活著不是爲了解決問題的，你說說如果你把問題都解決完了，你還活著幹嘛？」

第二個聲音又回答：「我們確實不是爲了解決問題，但是事實上我們一生就是在不停地解決問題，回到事物的表面才是實質。」

怎麼這兩個聲音這麼熟悉啊，啊，這不是我大哥、二哥嗎？正想著，只見青煙一閃，電閃雷鳴……我急忙喊道：「打雷下雨啊，大家收衣服啊……」

「收你個頭啊！」只見他們兩個出現了，我真是百感交集啊！

我正想和他們抱頭痛哭，一訴衷腸。

結果他們說時間很緊湊，只有三分鐘的時間，他們是趁著嘯天犬和玉兔調情的當兒，偷偷溜下來了。我問他們這次下來做什麼？當然是找你還錢啊！

這兩個落井下石的禽獸，我現在潦倒成這樣，又跑來要錢，想當初，老子揮金如土的時候怎麼不來要。我只好實話實說：「我沒錢。」

「我們當然知道你沒錢，其實是這樣的，本來我們早就要找你還錢了，後來王母的奶媽的姑姑的二表嫂看上你了，故意讓太白金星那個老色鬼使了法術，才使得賈家衰落的。就是要等你沒錢的時候向你催債，逼你就範。」

「真卑鄙，對了，那什麼奶奶的什麼嫂子長得怎麼樣？」

「還不錯了，給你照片看看。」說著我二哥遞給我一張照片。

我一看：「這不是張國老嗎？你們別耍我啊。」

「不是，王母她奶媽的姑姑的二表嫂當然不是張國老了，你自己看啊，是張國老胯下騎的那隻母驢啊。其實也可以了，就是臉長了點，門牙大了點，嘴唇厚了點，皮膚黑了點……」

## 十一月一日

我昨天最後還是答應我兩個禽獸哥哥去給那隻母驢妖當男祕，誰讓我欠他們的錢呢。哎，沒辦法，拿人家的手短，吃人家的嘴短。我馬上就要去天庭了，我想這人間的日記也要告一段落了，想想在人間這些坎坎坷坷，風風雨雨，真是感慨萬千，風雨交加，春光無限，在水一方啊！

來不及多想，就見幾頭濃裝豔抹的白驢抬著一頂轎子從天而降，說是黑驢奶奶

讓接我上天去的。這麼著急，算了，去就去吧，就當被鬼壓。

到了她的住處一看，哇，果然是流光異彩，到處都是琉璃瓦、金剛圈、搖頭丸……沒想到只是王母的奶媽的姑姑的一表嫂就這麼氣派，簡直太腐敗了。

「親愛的心肝，你終於來了。」

天啊，這是我聽過最難聽的聲音，我禁不住吐了起來。我不得不佩服她的這些侍衛和丫鬟，只見他們神情自如，毫不動搖。

這時候一個侍衛對我說：「你一定很欽佩我們吧，其實我們也是吐過來了，你吐個幾年自然也就習慣了。」

「啊！」我想算了，即來之則安之。勇敢地回頭一看，天啊，鬼啊，這是我見過最醜的女人，我再一次不能自制地嘔吐起來……

「嘿嘿，一定是被我的美貌傾倒了吧。來，我們玩扮烏龜。」

「我最恨扮烏龜，我身爲一個堂堂正正的男子漢，怎麼能夠做扮烏龜這麼丟人的事情。士可殺，不可辱，絕對不扮烏龜。」我義正嚴詞地拒絕了她的非人要求，身爲一個男子漢的我怎麼能接受這麼無稽的要求呢。

「不扮烏龜也可以，那就讓我用鞭子抽打你。」

「啊，這樣啊，那我還是扮烏龜。」

「哈哈，好啊，好啊，那就扮一個被我用鞭子抽打的烏龜。」啊，我受不了了。

## 十一月十六日

我整日被她折磨已經整整半個月了，我實在受不了了，決定無論如何要離開她。於是我就向天庭人事部提了辭職信。她氣壞了，說要是如果我決定離開，就必須去人間做一個和尚，並且還要做兼職的乞丐。

「不會這麼毒吧？」我怕怕地問。

「嘿嘿，怕了吧，還是乖乖跟我回家吧，」說完她就牽著我的手讓我跟她回家。但是我這回決心已定，於是天庭人事部就把我的檔案打到人間了，職業是專業和尚兼職乞丐，並且還不能拿兼職津貼，太狠了。

就這樣我回到了人間，這一下我感悟了很多，這麼多的是是非非都是貪欲作祟。我安心地做自己的石頭多麼自在，多麼開心啊，爲什麼要來這人間？都是因爲貪圖榮華富貴、物質享受才會感受這人間的大喜大悲，聚聚離離。看來凡事切莫

貪，看破了這做人的道理，我心頭頓時輕快了許多。

我站在長江邊上，正值寒冬，大雪封江，突然只見遠處馳來幾艘大船。走近一看，原來是我老爸從台灣發跡回來了，他有了新的創意，竟然把怡香院收購開到船上來了，馬上準備上市了。

老爸也看到我了，只見我一身破爛的袈裟，還理了光頭，戴了一頂破帽子。問我怎麼了，爲什麼打扮成這個樣子，是不是在拍《武狀元蘇乞兒》，服裝還不錯，其他演員呢，怎麼就你一個人啊？

「不是，我已經不是賈寶玉了，現在專職做和尙，兼職做乞丐，法號——濟顛和尙，」我回答道。

「啊，這是爲什麼？」他又問。

「這是天定的，天最大嘛，沒辦法更改。」

「哦，那沒辦法了，既然是天定的，我也不挽留你了，有空來我的怡香船玩，給你便宜打八折。」

我老爸他真是疼我，我不由得想唱：世上只有爸爸好，有爸的孩子有折打……

我拿過老爸遞過來的打折卡，與他在江邊告別。

只見當時漫天風雪，白茫茫一片。我消失於風雪之中。

預知後事如何，請關注《賈寶玉日記》的姊妹篇，當然也是續集——《濟公日記》。

謝謝觀賞，再見。

# 爆笑版紅樓夢——賈寶玉日記

作　　者　葉青

出 版 者　風雲時代出版股份有限公司
出 版 所　風雲時代出版股份有限公司
地　　址　105 台北市民生東路五段 178 號 7 樓之 3
網　　址　http://www.books.com.tw
電子信箱　h7560949@ms15.hinet.net
服務專線　(02) 2756-0949
郵撥帳號　12043291

執行主編　劉宇青
封面設計　蕭麗恩

法律顧問　永然法律事務所　李永然律師
　　　　　北辰著作權事務所　蕭雄淋律師
版權授權　北京共和聯動圖書有限公司

出版日期　2006 年 07 月初版

**定　　價　220 元**

總 經 銷　富育國際股份有限公司
地　　址　台北縣中和市中山路二段366巷10號2樓
電　　話　(02) 8245-7398

**I S B N　986-146-275-9**

行政院新聞局局版台業字第3595號
營利事業統一編號22759935


國家圖書館出版品預行編目資料

爆笑版紅樓夢／葉青著.　-- 初版.-- 臺北市：風雲時代，2006〔民95〕
面；　公分.

ISBN 986-146-275-9（平裝）

855　　　　95005459

瀚瀚珍本・盡現風華

風華
【文化】